餓鬼岳 殺人山行

梓 林太郎
Azusa Rintaro

文芸社文庫

目次

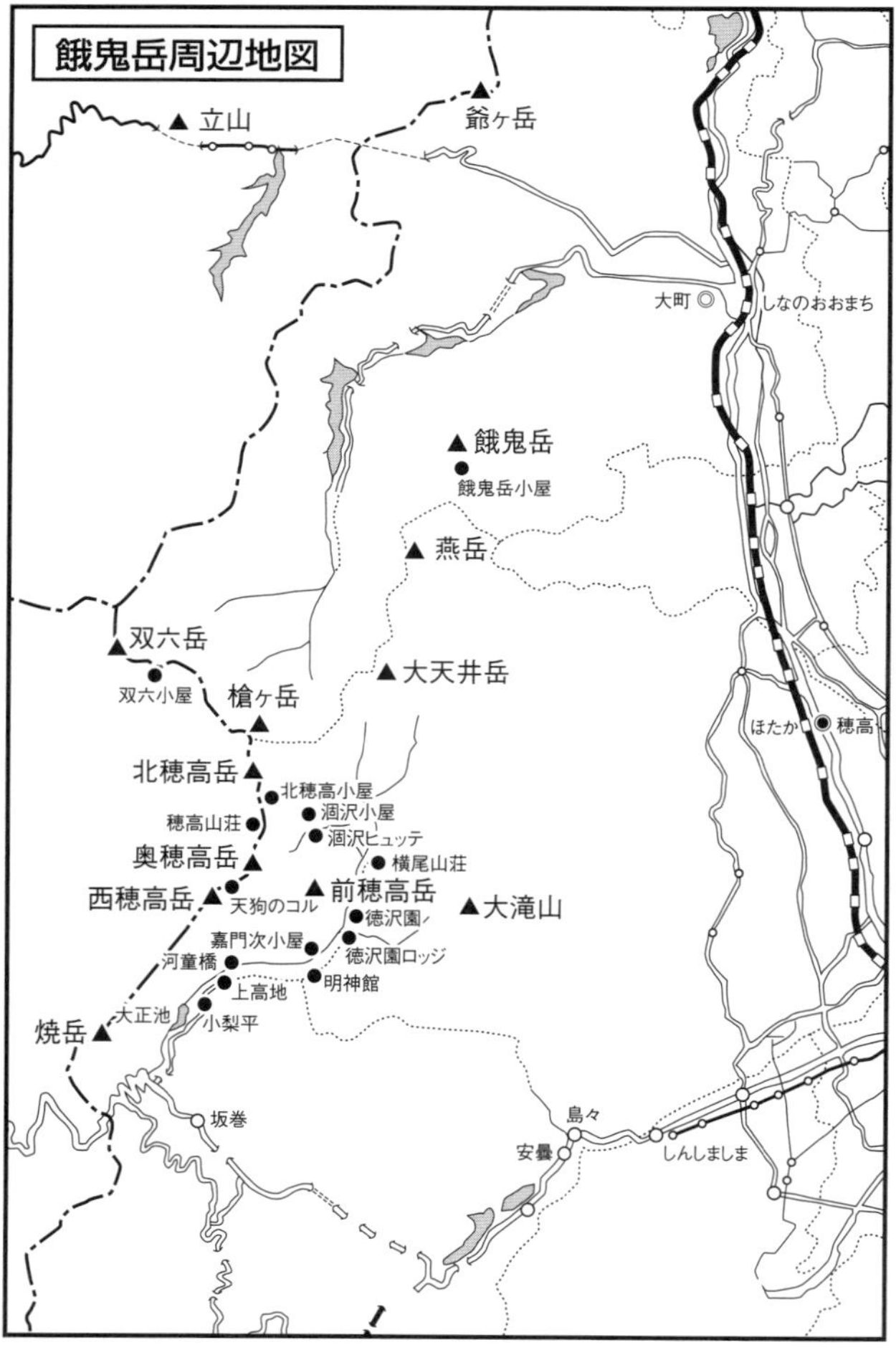
餓鬼岳周辺地図
立山
爺ヶ岳
大町
しなのおおまち
餓鬼岳
餓鬼岳小屋
燕岳
双六岳
双六小屋
大天井岳
槍ヶ岳
ほたか
穂高
北穂高岳
北穂高小屋
涸沢小屋
穂高山荘
涸沢ヒュッテ
奥穂高岳
横尾山荘
西穂高岳
天狗のコル
前穂高岳
大滝山
徳沢園
嘉門次小屋
徳沢園ロッジ
河童橋
明神館
上高地
大正池
小梨平
焼岳
坂巻
島々
安曇
しんしましま

一章　安曇野《あずみの》暗夜

1

紅葉のさかりの十月中旬の冷え込んだ夜。

安曇野の一画で、夕方から打ち鳴らされていた秋祭りの稽古《けいこ》の太鼓の音がやんだ直後である。農家の飼い犬が吠《ほ》え始めた。その声をきいた他家の犬も鳴きだした。大糸《おおいと》線の線路をへだてた商店や民家の犬も、空へ口を開けて鳴いた。犬同士が呼応し合い、叫び、毛を逆立てて怯《おび》え合っているようでもあった。

農家の主婦が外に出て、やかましく鳴く犬を叱った。犬は数呼吸のあいだ黙ったが、また尾を巻いて狂ったように吠えだした。

犬の鳴き声の輪はますます広がり、人々は不安を覚えて窓を開けたり、犬をなだめたりした。

犬の騒ぎは小一時間つづいた。雲が月と星を隠し、墨を流したような空になった。犬は暗い夜の寒さに震えるように、ときどき嗄《か》れた声で鳴いた。

犬たちの声がやむと、人々は足元から這《は》いのぼってきた寒さに身を縮めて家の中に入り、いつもよりも戸締まりを厳重にした。が、季節はずれの寒気と、異様に暗い夜の中で起きた事件を想像した人はいなかった。

朝七時前、田圃《たんぼ》の中の細い一本道を、自転車で穂高《ほたか》駅へ向かっていた女子高校生が転倒した。

「きゃーっ」

女生徒の曇り空を裂く悲鳴が、事件を知らせる第一声だった。

女生徒は、自転車を放り出すと、枯れ草の道を這った。立ち上がれないのだ。助けを呼ぶように何度か手を挙《あ》げ、両手と膝《ひざ》で這ったが、しばらくは彼女に気づく人はいなかった。

女生徒にやっと気づいたのは、やはり駅へ向かう七十過ぎの老婆だった。彼女は、枯れ草の中を泳ぐようにして近づいてきた女生徒を見て、腰を抜かした。女生徒は老婆に向かって、後ろのほうを指差したが、老婆にはなんのことか通じず、しゃがみ込んで顎《あご》を震わせているだけだった。

中年男が自転車で通った。男は、発作を起こした老婆を、登校途中の女生徒が介抱しているのかと思ったらしく、繰り返し老婆の名と住所をきいた。

「あっち、あっち」

　女生徒は泥に汚れた手で、自分が這ってきたほうを指差した。

　男は自転車を置くと、女生徒の指先の延長線をたどるように、農道を駆けて行った。

　男は、枯れ草の一本道に倒れている自転車を見つけ、事態を呑み込んだ。女生徒が老婆を自転車に乗せてやってきたところ、過って転倒した。老婆も女生徒も軽い怪我をしたのだろうと。それにしては、自転車の荷台には黒い鞄《かばん》が結わえつけてあった。

　男は、自転車を起こしたが、次の瞬間、

「わあぁっ」

　と声を上げ、起こした自転車から手を放した。小さな溜池の濁った水が宙ではね、男の顔に降りかかった。

　男は腰を抜かし、両手を後ろに突いて、その場から逃げようとした。

　その姿を見ていた三十代の男がいた。彼は異変を感じ取り、後じさりしている中年男のところへ駆け寄った。

　中年男は、尻を突いて溜池を指差した。

　溜池を見た三十代の男も声を上げ、顔色を変えた。

　泥のような色の溜池からは、女性と思われる長い髪をした人間の首だけが出ていた。片方の手首も出ていて、枯れた草を摑《つか》むような恰好をしていた。

三十男は、まだ両手を突いて後じさりしている中年男を置き去りにして、ガクガクと膝が震える足で、駅のほうへ走った。

ようやくたどり着いた商店へ飛び込むと、

「一一〇番だ。一一〇番だ」

と叫んだ。


通報を受けて、長野県警豊科《とよしな》署の車両が何台も現場《げんじょう》に到着した。

小さな溜池をのぞいた署員は、一様に声を上げげた。汚れてはいるが、長い髪の白い顔が池の上に浮いており、枯れ草を摑むように白い手首が突き出ているのだった。

刑事や鑑識係が到着し、溜池のもようを撮影したあと、腐った水の中から遺体が引き上げられた。

やはり女性だった。厚手のジャケットにズボン姿で、ハイキングシューズを履いていた。濁った水を吸ったせいか、着衣の色ははっきりしなかった。左手首の時計は、八時四十二分を指してとまっていた。

溜池からは袋のような物が引き上げられた。デイパックだった。

近くの農家の主人が現場に呼ばれてきた。溜池のある水田の持ち主である。

警察は、溜池を干すことを主人に断わった。水中か底に、遺体の持ち物が落ちているのではないかと判断したのだ。

「こんなところに、柵のない溜池をつくるのは、危険じゃないか」

警官は主人にいった。

「この道を通るのは、うちの者です。たまに早道をかけて通る人がいますが、日にせいぜい四、五人です。何年か前に猫が一匹落ちて死んでいたことがありますが、それきり誰も……」

彼はよけいなことをいってしまったという顔をして、言葉を呑み込んだ。

雑草が丈を伸ばす夏場は、直径がせいぜい二メートルの溜池の存在は隠れてしまいそうである。深さは約五〇センチ。池の底から発見されたのは、清涼飲料水の空缶一個だけだった。

溜池で死亡していた女性は、三十半ばに見えた。夜間、農道を歩いて、過って落ちたのか、何者かに襲われて溜池に突き落とされたものか、現場では判断できなかった。

遺体は、松本《まつもと》市内の大学法医学教室の解剖室へ運ばれた。

溜池の付近で遺留品を捜索していた警官が、ナイフを一丁発見した。比較的新しい物で、刃こぼれなど少しもなかった。

デイパックとナイフは豊科署へ運ばれた。

デイパックの内容物を検《しら》べた。下着類とタオルとハンカチと化粧品だった。雨蓋《あまぶた》のポケットには妙な物が入っていた。ビニール袋に入れられた男の写真二枚だった。

写真の男は四十歳見当。無帽で、ザックを背負った登山装備だった。

刑事はこの写真を、たまたま北穂高岳《きたほたかだけ》での遭難救助を終えて帰署した山岳救助隊員に見せた。

隊員の紫門一鬼《しもんいっき》は、小室《こむろ》主任から渡された男の写真を手に取った。

刑事は、登山姿の男に見覚えはないかというのだった。

「背景の樹木が紅葉していますから、九月ですね」

紫門はいった。

「本谷《ほんだに》あたりじゃないか？」

小室がいった。

横尾谷《よこおだに》を抜け、涸沢《からさわ》へ登る途中である。白い幹のダケカンバに黄色く染まった葉がついている。横尾谷を登ってきた人も、涸沢から下ってきた人も本谷では荷を下ろす。岩を噛《か》んで激しく流れる沢を見下ろしながら食事する人もいる。

小室も紫門も、見覚えはないといって、刑事に写真を返した。

小室は、この写真はどこから手に入れたのかと刑事にきいた。刑事は、けさ穂高駅近くの溜池で女性の遺体が発見され、その人の物と思われるデイパックに写真が二枚入っていたのだといった。

山岳救助隊員は、多くの登山者に知り合いがいる。夏山シーズンの七月と八月は、穂高の懐といわれる涸沢に、常駐隊として滞在する。涸沢へ毎年登ってきて、数週間滞在する常連もいる。常駐隊員は、そういう人たちの顔を自然に覚えてしまう。

「溜池で死んでいた女性の身元は分からないの？」

小室が刑事にきいた。

「身元の分かりそうな物を持っていなかった」

「写真を二枚だけデイパックに入れていたというのは、どうしてかねえ？」

刑事は、溜池の近くにナイフが一丁落ちていたが、死亡した女性の物かどうかも分かっていないといって、救助隊の部屋を出て行った。

紫門は、次の遭難救助に備えて、ロープを壁に吊り、共同装備のコンロや食器類を洗い直して片づけると、刑事課の前を通った。その部屋だけがざわつき、電話がさかんに鳴っていた。

さっきの刑事の話では、溜池の中で死んでいた女性は、ハイキングシューズを履いていたという。デイパックが本人の物だったとしたら、他所《よそ》から紅葉の安曇野へ観光にやってきた人だろうか。何時ごろ溜池に落ちたのか分からないが、観光客が、かぎられた人しか通らない農道を歩くだろうか。

山岳地での遭難ではないのに、紫門は死亡していた女性のことがいやに気になった。

2

朝刊に、きのうの朝、穂高町の農道で遺体で発見された女性の記事が載っていた。解剖の結果、女性の死因は絞殺だった。死亡推定時刻は一昨夜の八時半ごろ。肺が水を吸引していないことから、絞殺されたあと溜池に放り込まれたものと警察は断定したとなっていた。

朝刊の記事を読んだ事件現場近くの人々は、一昨夜、犬がさかんに吠えたのを思い出した。

犬は農道で起きた異変を察知したのだ。それで怯え、他の犬たちに警戒を呼びかけたのか、飼主に知らせたものにちがいなかった。

豊科署には捜査本部が設けられた。捜査員たちは、遺体の発見現場をあらためて検べた。痕跡を見た結果、他所で殺害されて溜池のある農道へ運ばれてきたのでなく、農道において首を絞められたものと断定した。

その日の午後、東京・中野《なかの》区に住む金村待子《かねむらまちこ》という三十四歳の女性が、穂高町で殺されていたのは、義姉《あね》ではないかといって豊科署へやってきた。

待子は、朝のうちに署に電話を掛けてきて、義姉の特徴を話した。それを受けた署員は、年齢や身体的特徴が遺体とよく似ているので、至急確認にくるようにと告げたのだった。

待子は遺体と対面し、義姉の根岸淑子《ねぎしよしこ》に間違いないといった。

待子は、淑子の写真を何枚も持参した。

これを目にした刑事は、どこか憂いをふくんだ顔と姿を見て、美しい人だと胸の中でいった。

淑子の顔はタマゴ形で、下目蓋がややはれぼったい感じである。はかなげで、唇のあたりに色っぽさがあり、それでいて童女のような清らかさがただよっていた。

「淑子さんは、独身ですか？」

刑事は、たった一人でやってきた待子にきいた。

「一昨年《おととし》の秋から独りでした」

「とおっしゃると？」

「義姉の夫は、わたしの兄です。兄は一昨年の秋、登山中の怪我がもとで、松本市内の病院で亡くなりました」

「それはお気の毒なことをしました」

刑事がいうと、待子は軽く頭を下げた。

刑事は、溜池の中にあった緑色のデイパックを見せた。

「義姉の物です」

彼女は言下に答えた。

刑事は、念のために中身を見てくれといって、テーブルの上に、袋に入った下着類や化粧品などを出した。

「見覚えのある物です。間違いありません」

待子はいって、唇を軽く噛んだ。

「この写真の人をご存じですか？」

刑事は、ビニール袋に入っていた男の写真を二枚、彼女のほうへ向けた。

彼女は写真を摘《つ》まんで、じっと目を凝らしていたが、見覚えがないといった。

「このザックに入っていたんです」

「どなたでしょう？」

待子は、首を傾《かし》げた。

「淑子さんのご主人が山でお亡くなりになったといわれたので、もしかしたら、ご主人の写真をいつも身につけておられたのではないかと思いました」

「いいえ。この写真は兄ではありません」

「新聞でご覧になったでしょうが……」

刑事は、淑子の遺体が発見された場所と、解剖の結果、首を絞められて殺されたことを、待子に詳しく話した。

話をきいているうちに、待子は両手で顔をおおった。きくに堪《た》えないという表情だった。

「淑子さんは、ハイキングの服装でしたが、穂高町に知り合いでも？」

「さあ。きいたことはありません」

「いつお宅を出られたのか、ご存じですか？」

「十三日ではないかと思います。その日のお昼ごろ、わたしが義姉に電話しましたら、出ませんでした」

その観測どおりなら、淑子は十月十三日に家を出、どこかに一泊して、十四日の夜、穂高町にいたことになる。待子の話では、淑子がなんの目的で安曇野へやってきたのかは不明である。

「義姉は、この地方が好きで、前に何度かきていたようです」

「観光ですか？」

「そうです。この地方のおみやげをもらったこともあります」

「淑子さんは、登山は？」

「高い山には登ったことがないはずです。兄は結婚する前から彼女を登山に誘っていたようですが、高いところは恐いといって、一度もついて行ったことはないといっていました。高原のようなところへのハイキングは、夫婦でしていました。二人で行った場所で撮った写真を見せてもらったことがあります」

待子の夫が到着した。彼は会社員で、関西方面へ出張していたが、妻からの連絡で、出張を切り上げ、名古屋から中央線を使ってやってきたといった。

刑事は、金村にも、質問した。金村は待子よりも淑子に関するデータを持っていなかった。

刑事は夫婦に、淑子が殺される心当たりをきいたが、首を横に振るだけだった。

捜査本部は、淑子は痴漢に襲われたのではないかという見方を強めた。が、捜査員の何人かは、彼女の着衣に大した乱れがなかったことを主張した。

最大の謎は、彼女がなぜ他人の写真を二枚デイパックに入れていたかである。写真の男は登山装備をしている。誰が撮ったか分からないが、撮影した場所は、横尾《よこお》と涸沢の往還の中間で、その時季は九月中旬ころ。

淑子は、二年前に夫を亡くしている。この二年間に写真の男と知り合ったのではないか。男を撮ったのは淑子ではないかと思われたが、義妹の待子の話では、淑子は登山をしないという。

だが、ハイキングの経験から、涸沢（標高約二三〇〇メートル）までなら登れたのではなかろうか。横尾から涸沢までの登りは約四時間だ。キツい登りが数カ所あるが、危険な山径《やまみち》ではない。時間を気にせずゆっくり登れば、初心者でも行けるところだ。

山岳救助隊に、刑事課から捜査協力の要請があった。根岸淑子が、一昨年の秋から今秋にかけて、涸沢へ登っているか否かを調べてくれというものだった。

「こういう調査は、紫門にかぎる」

小室主任がいった。

紫門は三十三歳だ。青森市出身である。東京の私立大学を卒業し、大手機械メーカーに就職し、七年間勤務したが、北アルプスの遭難救助隊員募集の新聞記事を見て応募して採用された。それまでの登山経験が活かされることになった。

彼は遭難救助活動をしながら、山岳地で起こった事故に不審を抱いて、独自に調べたことが何件もある。それがじつは殺人事件だった。したがって刑事も、彼の嗅覚には一目置くようになっている。

紫門は刑事課から、淑子が持っていた二枚の男の写真の複写を借りた。氏名の分かっていない人間のことを調べるのに、どんな顔をしているのかも分からないでは実感がない。

彼は涸沢にある二軒の山小屋に、この二年間に「根岸淑子」の宿泊該当があるかを照会した。

淑子は登山の初心者らしい。上高地《かみこうち》を登って、その日のうちに涸沢までは登れなかったのではないか。すると、横尾で一泊したのちに涸沢まで男に引き上げられたことが考えられる。

彼は、横尾山荘にも同じことを照会した。

根岸淑子の宿泊該当があったら、同行者がいたかどうか。いたらその人の氏名と住所を知らせてもらうよう依頼した。

横尾山荘でも涸沢の二軒の山小屋でも、紫門のことはよく知られている。三軒の山小屋では彼の頼みを快く引き受けてくれた。

淑子がもし、涸沢に登り、さらに穂高に登っていたとしたら、義妹の待子は淑子の身辺に精通していなかったということになりそうだ。あるいは淑子が、待子に自分の日常を詳しく明かしていなかったともいえる。淑子がもし、写真の男と一緒に山行《さんこう》をしていたとしたら、夫の妹には遠慮があって、それを話さなかったことも考えられる。夫が死亡して、何年も経てからなら話すことができるが、半年や一年で男と親しくなった場合、気恥ずかしさが先に立つものではないのか。軽薄な女性と見られはしないかという気後れも生じるだろう。

紫門は親しい刑事の伏見《ふしみ》から、待子が持ってきた淑子の写真を見せてもらった。

「きれいな人だったんですね」

紫門は、淑子の写真を手に取った。

彼女は、サクラ吹雪を背景に薄い色のコートを着て微笑していた。夏の海浜でまぶしげな目をしている。紅いカエデの木の下に立っていた。彼女の後ろには細い滝が白く写っている。薄墨を広げたような色の湖の畔《ほとり》にいる彼女は風に乱される長い髪を押さえていた。

「この人、どこかで見たような気がします」

「えっ」

伏見は紫門の目をのぞいた。彼の顔は早く思い出せといっていた。

「どこだったろう？」

「やっぱり淑子は山に登っていたんじゃないでしょうか？」

「いや。山の中ではなかったような気がします」

紫門は、淑子の写真を目の前に置いて腕を組んだ。

3

翌日、豊科署にいる紫門に、横尾山荘、涸沢ヒュッテ、涸沢小屋から相次いで回答の電話が入った。

一昨年秋から今年の十月十三日までの宿泊カードを調べたが、「根岸淑子」という宿泊者はいなかったという。

彼女が写真の男と一緒に、涸沢へ登ったのではないかという推測は当たっていなかった。

しかし紫門は念を入れ、キャンプ申し込みをした人の中に彼女の名はなかったかを調べてもらいたいといったところ、各山小屋の人は、宿泊者だけでなく、露営《ろえい》許可を取った人についても当たったと答えた。紫門がそれをきくことを予想していたのだ。

三軒の山小屋に淑子の名がなかったからといって、彼女が山に登っていないとはいいきれない。キャンプ地以外の場所で露営していることも考えられた。

春から秋に入山する人については、上高地と中房《なかぶさ》で入山届を受けつけている。受けつけるといっても、係員が登山者から直接、入山届を受け取るのではなく、用紙が用意してあって、それに記入して所定の箱に投函するようになっているだけだ。

入山届は豊科署が管理している。紫門はそれに目を通した。入山届を提出しない登山者はかなりいるが、それでも入山届はおびただしい数だった。

一昨年秋から今年の秋にかけての入山届を点検したが、やはり「根岸淑子」の名は見当たらなかった。

彼女が持っていた写真の男を彼女が撮っていないとなると、いったいどこで手に入れたのか。彼女とはどういう間柄なのか。なにかの目的があって、持っていたということか。

被害者の淑子についてあらたな事実が判明した。彼女が遺体で発見された溜池近くの枯れ草の中で発見されたナイフを入念に検べたところ、柄には彼女の掌指紋《しょうしもん》が鮮明についていた。

このことも捜査員の首をひねらせた。ナイフは彼女の物だったのだろうか。そうだとすると、ナイフを携行する目的はなんだったのか。ナイフの刃渡りは一二センチだ。果物の皮むきにしては大型すぎる。

犯人の物とも考えられる。犯人が彼女を襲うために使ったが、逆に彼女に奪われたのだろうか。いずれにしろナイフは事件に関係する証拠物件だ。

紫門の頭に、ある光景が浮かんだ。根岸淑子を、四角い窓のような枠の中から見た記憶が蘇《よみがえ》ったのである。彼はその記憶を手さぐりした。彼女を遠くから眺めていたようである。直接会って会話を交わした覚えはなかった。いや、彼女は終始無言で、夕暮れの山を背景に、風に乱れる長い髪に手をやって、たった一人で立っていたような気がする。その肩には冷たい風がとまっているようだった。

紫門は、人声や電話の音から逃れるために、署の中庭に出て、西側の山脈《やまなみ》を眺めた。そこに淑子の寂寥《せきりょう》と孤独な姿を立たせてみた。

「そうだ。思い出した。写真だ」

彼は小さく叫んだ。

何カ月か前、松本市内で見た写真展を思い出したのだった。

写真展を開いたのは、松本市に住む久住保生《くすみやすお》という写真家である。

久住は山岳写真を得意としており、北アルプスの四季や、そこに棲息する動物や、梓川《あずさがわ》の写真集を出している。山岳写真を撮るから、当然、山登りの熟達者でもある。

紫門は久住に何度も会っていた。

数カ月前に開いた写真展は、風変わりだった。安曇地方の駅やバス停、上高地や中房などの登山基地で、登山装備やハイキング姿の人を撮ったものだった。

地元の信濃日日《しなのにちにち》新聞社が主催した写真展を、紫門は新聞紙上で知って見に行ったものだ。

日頃、安曇野の各地や上高地で、なにげなく目にしている登山者やハイカーの表情を、久住は特異な感性でとらえていた。背景は北アルプスの山脈であったり、古い農家だったり、松本電鉄の無人駅だったり、バス停の古い時刻表だった。カラーもありモノクロ写真もあった。

被写体の男女は、これから槍《やり》や穂高に登るぞといっているような興奮を顔に表わしていたし、下山者らしく、疲れきった顔で上高地のベンチに腰掛けてもいた。

その写真の中に、孤愁《こしゅう》のただよう女性のものが四、五点あった。同じ女性を久住は新島々《しんしましま》のバスターミナルと、上高地の小梨平《こなしだいら》と、明神館《みょうじんかん》の前でとらえていた。たしかそのうちの何点かがモノクロだったという記憶がある。

紫門はその記憶を、伏見刑事に伝えた。

「その写真家なら、名前だけは知っています」

伏見はいった。

彼は、久住が展示した写真の中に、淑子のがあったのは間違いないかときいた。

「彼女だったと思います。ぼくには印象に残る女性でした。ですから、きのう写真を見た瞬間、どこかで見た女性だと感じたんです」

紫門と伏見の会話を、ベテラン刑事の道原《みちはら》がきいていたが、久住に会って、写真展の作品を見せてもらったらどうかといった。

伏見と牛山《うしやま》刑事と一緒に、紫門は久住の自宅を訪ねることになった。伏見がその旨を、久住に電話で断わったのである。

伏見と牛山はともに二十七歳だ。車を伏見が運転した。黒縁メガネの牛山が助手席に乗り、ガムを噛んでいる。紫門が見るに伏見は生真面目《きまじめ》で繊細な感じだが、牛山のほうは神経がず太くて、ものごとの処理が大ざっぱな印象がある。

久住の自宅は、豊科町境に近い一軒家だった。木造二階建てのかなり古い家である。

久住の妻が出てきて、板敷きの部屋へ紫門らを招いた。

「やあ、紫門さんもご一緒でしたか」

顎を縁取るように髭《ひげ》をたくわえた写真家はいった。彼は四十四歳だがいくつか上に見えた。上背があって、がっちりしたからだつきをしている。山に登ったり、屋外に出ることが多いせいか、顔は陽焼けしていた。

彼は三人に、折り畳み椅子を勧めた。

紫門が、写真展の作品にあった一人の女性に惹《ひ》きつけられたといった。

「女性は何人も撮っていますが、どんな人だったでしょうか？」

久住は、タバコをくわえた。

「久住さんはこの人の写真を展示したということですが？」

伏見は、紫門がそれを思い出したのだといって、根岸淑子の写真を久住に見せた。

写真家は、陽に焼けた手に写真を取った。

「ああ、覚えています。この女性でしたら何枚も撮りました。私にも強く印象に残っている人です」

松本市内のギャラリーで彼の写真展が開かれたのは、今年の七月だったという。入場者数は予想をはるかに上回って、成功だったといった。写真展を主催した新聞社では、写真展に出した作品のうち、約八十点を選んで写真集にまとめて出版することになっているという。

彼の手元には、個展のために撮った写真が、アルバムにされているという。

「私は、この女性の名前も素姓も知りませんが、どういう人ですか？」

刑事が持ってきた淑子の写真を、久住はテーブルに置いてきいた。

「新聞に顔写真が載っていましたが、気がつかなかったですか」

「えっ、新聞に？」

「穂高町の農道で殺されていた女性です」

「あの事件の……」

彼は、新聞で事件を知り、その続報も読んだが、自分が撮影したことのある女性とは気づかなかったといった。地元新聞に載った写真は小さく、海浜で撮ったものだったからだろうか。

久住は、大型のアルバムをテーブルに置いた。

「この人ですね」

彼は、小梨平のカラマツ林を背景にしている女性の写真にボールペンの先を当てた。紛れもなく淑子だった。紫門が写真展で見た作品のうちの一点だった。

彼女は、白地に赤いチェックの半袖シャツに、緑色のデイパックを背負っていた。木の枝にいる野鳥でも見ているのか、視線が斜め上を向いている。顔に汗が浮いてか、髪の数本が肌に貼《は》りついているようだ。

「夏ですね？」

伏見が久住にきいた。

「去年の七月八日です」

久住は撮影メモなのか、ノートを見て答えた。

この日久住は、彼女を追うように十一枚撮っている。梓川の岸に立っているのもあり、小さな池の魚影を見ているのもあった。河童橋《かっぱばし》の近くでは、白い帽子をかぶり、手にはタオルを持っていた。

久住はアルバムを何ページかめくった。また淑子の写真が何枚も現われた。彼女はバスを背にしていた。一見して、新島々のバスターミナルだと分かった。クリーム色のセーターを着ていた。背中にはやはり緑色のデイパックがあった。駅に到着した電車を見るような目つきをしているのもあった。デイパックに赤トンボがとまっていた。

これを撮影したのは、去年の九月四日だと久住がいった。

今年の五月十九日、久住は明神館の前で淑子を撮っていた。彼女は緑色のデイパックをベンチに置き、人を待っているような表情で腰掛けている。梓川に架かる明神橋を背にしているのはモノクロだった。薄い霧が立ちこめているらしく、吊り橋が烟《けむ》っていた。彼女はヤッケを着、首をわずかに傾けている。

この表情が紫門の記憶に強く残っていた。いかにも寂しげで孤独である。モノクロであるのが一層、彼女の孤愁を深くしていた。久住はここで彼女を十五枚撮っていて、そのうちの一点を写真展に出したのだった。

「久住さんは、この女性を三回も撮影していますが、出会ったのは、偶然ですか？」

伏見がきいた。

「偶然です。去年の七月、上高地の小梨平の近くに立っているこの女性を見た瞬間、被写体になると思って、木陰からズームで撮りました」

「九月は、新島々ですが？」

「電車やバスを乗り降りする人を、物陰から狙っていました。すると、この女性が電車を降りてきました。夏に撮った人だとすぐに分かりました。上高地行きのバスに乗るものと思っていたら、駅のホームのほうを見たり、バスに乗る登山者をじっと見ているんです」

彼はその間に、彼女を撮影したのだ。

「この女性は、新島々にどのぐらいのあいだいましたか？」

「私は、一時間ぐらい撮影して帰りました」

「その間、彼女はバスターミナルにいましたか？」

「ずっと立っていました」

「ハイキングにきたようじゃないですね？」

「私は、誰かを待っているんじゃないかと見ました」

「誰かを待っている……」

牛山が低い声でいった。

「久住さんが初めてこの人を見掛けて撮影した七月のときは、どんなようすでしたか？」

「そのときのことも覚えています。一般のハイカーのように、風景を見にきたのでなく、四、五〇メートル歩いては道の端に立ったり、小梨平では、カラマツ林の中から、道を行く人を見ているようでした」

「三度目は今年の五月でしたね？」

「私は明神で、登山者を撮っていました。そこへこの女性がやってきました。すぐに、前に撮った人だと分かり、物陰に隠れてレンズを向けました」

「この人は、あなたが撮っていることに気づいたようでしたか？」

「いいえ。知らないようでした。このアルバムにあるものは、すべて無断で撮っています。断わったりすると、ポーズをとる人がいますから」

「明神でもこの人は、通行人を見ていましたか？」

「前の二回と同じで、ベンチに腰掛けたり、売店で食事したりして、道を行く人に目を向けていました」

「誰かを待っていたというより、誰かをさがしていたようにも思えますが?」

「そんなふうにも見えました」

伏見はうなずくと、去年の七月と九月、今年の五月、淑子を撮った写真を、各一枚貸してもらえないかといった。

「どうぞ、お持ちください」

写真家は愛想がよかった。

4

「根岸淑子は、いったいなにをしに新島々や上高地へきていたのかな?」

帰りの車の中で牛山がいった。

「誰かをさがしていたというのが、当たっていそうな気がするな」

ハンドルを握っている伏見がいった。

「上高地で人をさがす。……どういう人間をさがしていたのかな?」

「上高地へくるか、上高地を通って山に登りそうな人だと思うよ」

伏見は紫門に、どう思うかとバックミラーに目を上げてきいた。

「久住さんは、根岸淑子さんと三回出会っていますが、彼女はそのほか何回も新島々や上高地へきているんじゃないでしょうか？」

「そうでしょうね。彼女がくるたびに、久住さんが出会うという偶然は考えられません」

「久住さんは、三回とも彼女に偶然会ったといっていたが、じつは彼は彼女と知り合っていたんじゃないだろうか？」

牛山が前を向いたままいった。

「名前も素姓も知らないといっていたじゃないか」

伏見がいった。

「最初は知らなかったが、彼が名乗って、写真展用の作品のモデルになってもらったということも考えられるぞ」

「彼は、おれたちに嘘《うそ》をいったというのか」

「新聞で彼女が殺されたことを知った。彼女と知り合っていたというと、警察やマスコミからうるさくきかれるので、偶然会ったとか、三回とも隠れて撮影したといったんじゃないか」

「そうだとすると、いま紫門さんがいった、彼女は三回以上、上高地のあたりへきているんじゃないかっていう推測は、はずれているな」

「久住は季節ごとに淑子を撮りたかった。それで連絡して、こっちへきてもらったんじゃないかっていう気がするんだ」

「それが事実かどうかを、どうやって確認する？」

「淑子の遺品を検べれば、あるいは久住さんの名刺とか名前を書いた物が見つかるかもしれない」

署に戻ると紫門は、小室主任に断わって、山岳遭難救助の処理簿を見ることにした。

根岸淑子の夫・正継《まさつぐ》は、一昨年の九月、北アルプス登山中の怪我が原因で、入院した松本市内の病院で死亡したということだった。

根岸正継の事故の記録はすぐに見つかった。

一九九四年九月十七日——当時三十七歳の彼は、単独で、北穂《きたほ》から奥穂《おくほ》へ縦走中、涸沢岳《からさわだけ》南寄りで足をひねって動けなくなった。その日は雨だった。九月半ばの三千メートル級の稜線の雨は、氷雨《ひさめ》同様だったにちがいない。登山者もごく少なかったはずで、そのせいか彼は、怪我を負いながら発見されなかった。冷たい雨に濡れて岩稜で一夜を明かし、次の日の午前中に、縦走中の二人連れの男に発見された。曇り空を強い風が吹いていた。

二人連れは、根岸をかついで山小屋まで運ぶことはできず、穂高岳山荘に走った。

山荘からの通報で、県警のヘリコプターが出動し、稜線の岩場にうずくまっていた彼を救助して、松本市内の病院に収容した。

根岸は衰弱していて、危険な状態がつづき、二十一日の朝、妻の淑子に看取《みと》られて事切《ことき》れた。右足は捻挫《ねんざ》し、左足と左手指を骨折していた。

転落でもないのに重傷だったと、ヘリで根岸の救助に向かった山岳救助隊の及川《おいかわ》と寺内《てらうち》は、報告書に記している。

紫門は同《おな》い歳《どし》の及川に、根岸の遭難を記憶しているかと尋ねた。及川は豊科署員である。

及川は処理簿をのぞいて、

「ああ、この人ね。覚えているよ」

「転落でもないのに、手足を骨折してるが、どうしたんだろうね？」

「初め、手か足を捻挫したんだろうが、その後、岩陰にでも入ろうとして動いたんじゃないかな？」

「収容したときは、口が利けなかったの？」

「ヘリで現場に着いたとき、ほとんど気を失っていたよ。もう助からないんじゃないかと思ったが、病院で意識を回復したときいて、ほっとしたんだが……」

四日目に死亡したという連絡を受け、やっぱりダメだったかと思ったものだという。

「怪我をしたが、誰も通らない。じっとしていたら死ぬと思ったから、最寄りの山小屋のほうへ、少しずつ動いたのかもしれないね」

「そうだと思う。怪我をした手足をかばって動くうち、あらたに手か足を骨折するか、捻挫したんだろうね」

この遭難者の妻が、二年後に安曇野で殺されたとは、いったいどうしたことかと、及川はあらためて処理簿に目を落とした。

「紫門君は、淑子という妻の事件と、夫の遭難と、なにか関連があるとでもみたのか？」

「気になることがあるんだ」

「どういう点が？」

「淑子は、去年から今年にかけて、何度も上高地辺りにきているんだ」

「なんの目的で？」

「それが分からない。及川君は、写真家の久住保生を知ってるだろ？」

「ああ、山岳写真を撮る人ね。たしか、今年の夏、松本で写真展を開いたな」

「君も見たのか？」

「偶然、会場の近くを通ったんで、のぞいたんだ」

「百点以上が出品されていたけど、その中に、同じ女性を撮ったのが三点あったが、覚えているかい？」

「同じ女性を……。気がつかなかった。忘れてしまったのかな」

「誰かを待っているような、人をさがしているような表情で、島々や明神に立っている女性の写真なんだ」

「その女性が、どうしたんだ？」

「殺された根岸淑子だったんだよ」

「えっ。彼女を……。久住は彼女を知っていたのか？」

「さっき、刑事と一緒に彼に会いに行ってきたんだけど、名前も知らなかったといっていた」

淑子は、去年の七月と九月、今年の五月に、上高地辺りにきており、そこを久住が物陰に隠れて撮影したのだと紫門は話した。

「三回も同じ女性を見かけたのか。偶然にしては、たびたびだねえ」

「彼女は、三回でなくて、もっと何回もきているような気がするんだ。しょっちゅうきていて、久住の目には三回もとまったということじゃないかと思うんだ」

淑子は、今度は穂高町を訪ねた。それが最後となった。しかも殺されたのだった。

「分かった。紫門君は、淑子がどうして何回も上高地近辺や安曇野へきていたのかを知りたいんだな？」

「そうなんだ。やってくるたびに彼女はデイパックを背負っていた。その中には、登山中の男の写真を二枚入れていた。刑事課では、その写真を見て、山での怪我がもとで死亡した夫だと思ったが、他人だということが分かった……」

「彼女とはどういう間柄なんだろう、写真の男は？」

なぜ淑子はこの地方をたびたび訪れていたのか。それと殺害されたこととは関係があるのか。ザックに入れていた写真の男とはどんな関係なのか――。彼女については謎ばかりである。

「淑子が持っていた男の写真を見たかい？」

紫門は及川にきいた。

及川は見ていなかった。彼は昨日も一昨日も県警本部へ行っていたのだ。

「この人なんだが……」

紫門は、刑事が置いていった二枚の男の写真を見せた。

及川も、夏山最盛期は、山岳パトロール隊員として涸沢に常駐する。

「見覚えのない人だ」

及川と話しているうち、紫門は久住にこの写真を見せることを思いついた。久住に、もう一度訪ねたいと電話すると、待っているという。

久住はさっきと同じ仕事場へ紫門を招いた。

「見たことのある人です」

久住は写真を手にしていった。

「久住さんは、この人を撮っているんじゃないでしょうか？」

「そうでしょうか」

久住は、さっき刑事にも見せた写真展のアルバムをテーブルにのせた。

彼が写真展のために撮ったうちの三分の二は男性だった。小さなザックを背負った子供も写している。

アルバムを全部見終えたが、目的の男の写真は見当たらなかった。

「久住さんがこの男を見たとしたら、登山中でしょうね？」

「この人も山登りをするようですから、あるいは山で会ったのかもしれません」

久住は首をひねっていたが、どこで会ったか思い出せないといった。

べつのアルバムを見たが、やはり問題の男の写真は見つからなかった。

「久住さんが、この男を山で見掛けたとしたら、ちょくちょく山行をしている人でしょうね？」

「さあ、どうでしょうか。私は山にばかり入っているわけではありませんので。……私よりも紫門さんたちのほうが、年間を通じて山に入っている日数は多いと思いますよ」

紫門らの山岳救助隊員が山に入っている日数は、年間九十日から百日ではないだろうか。

署に戻ると、廊下で伏見とばったり会った。

紫門は、久住をあらためて訪ねて、淑子がザックに入れていた男の写真を、見てもらったのだといった。

紫門の話をきき終えると伏見は、意外なことをいった。捜査本部では久住をマークすることにしたという。

久住は去年から今年にかけて、淑子を上高地周辺で三度も撮影している。これを偶然とみない捜査員が何人もいて、彼と淑子は知り合っていたのではないか。それなのに、伏見らに名前も知らないと答えた。事件を報じた新聞には、彼女の写真が載った。それはかなり鮮明だったのに、写真展のために撮ったことのある女性だともいわなかった。彼女を三回も見、何十枚も写真を撮り、それを現像したり、パネルにしたりしていた。新聞の写真を目にしたとたんに、「あの女性だ」と気づくのが普通ではないかという意見が何人もの捜査員から出たため、いまから久住の身辺を調べるのだという。

「ぼくは、あしたから道原さんについて、東京へ出張します」

伏見は紫門に、また気づいたことがあったら教えてもらいたいといって、刑事課《デカベヤ》のドアに消えた。

5

紫門は松本市内の自宅に帰った。古くて家賃の安いアパートだ。遭難活動と豊科署に用事のないかぎり、彼は市内でアルバイトをして生活費を稼いでいる。その勤務先には山岳救助隊員であることの理解を求め、出動命令があったときは仕事を休むという了解を取っている。

彼は、東京にいる恋人の片桐《かたぎり》三也子《みやこ》に電話した。彼女は元山岳救助隊員だった。出身大学の事務局に勤務していたのだが、紫門と同じく隊員を志願して採用され、二年間、夏の常駐隊員として涸沢にいたのである。隊員をやめて二年になる。紫門と彼女は、涸沢にいたころ親しくなり、以降、月に一度は会っている。

北アルプス南部で遭難事故が発生すると、紫門は出動する。彼女はそれを新聞やテレビで知る。彼女は東京で、彼が無事救助活動を終えて下山するのを祈っている。

三也子は、穂高町で起きた殺人事件を知っていた。その被害者の女性を、写真家の久住保生が、去年から今年にかけて三回も上高地周辺で撮影していたことを、紫門は彼女に話した。

「久住さんならわたしも知ってるわ。常駐隊員のころ、涸沢で会ったたし、彼が撮った涸沢の夜明けの写真を、山岳雑誌で見たこともあるわ」

「捜査本部は、彼に疑いを持ったらしい」

「殺人事件に関して？」

「被害者の根岸淑子と、三回も会っているのは、知り合っていたからだということらしい」

「彼女はこの二年間に、三回も上高地周辺へ行っているの？」

「ぼくはもっとこっちへきていると思うんだ」

「あなたが久住さんに会った感じは？」

「知り合っていたのでなく、三回とも偶然に会ったという話を信じていた。刑事にいわれて、あるいは知り合っていて、ぼくたちに嘘をいったのかと思うようになった」

「刑事が疑っているとおりなら、久住さんはなぜ根岸淑子さんと知り合いだったといわなかったのかしら？」

「彼女が殺された事件で、疑われたくなかったからじゃないのかな？」

「殺人事件に関係していなければ、知っている人だったといってもいいのに」

「久住に、事件当時のアリバイがなかったら、事情をきかれるだろうね」

「わたしが久住さんに持っている印象では、事件に関係するような人じゃなかったわ」

「ぼくも同じだ」

紫門は、淑子が持っていた登山姿の男の写真を、久住に見せたといった。

「山小屋の人に見せたらどうかしら。ちょくちょく北アルプスに登っている人なら、山小屋の人たちは知っていそうよ」

そういってから三也子は、また事件に首を突っ込むつもりではないのかといった。

紫門がこれまで、いくつかの事件を独自に調べたことを、彼女は詳しく知っているからだし、不審を抱いたらとことん調べてみないと気のすまない彼の性格を承知しているのだ。

「山小屋の人たちに当たっても分からなかったら、君に男の写真を見てもらうよ」

「東京へこれるのね？」

「いまは比較的、山の事故の少ないときだ」

「早く会いたい」

彼女は、送話口にささやくような声になった。

彼女とは十五分ぐらい話していた。午後十時半をまわった。彼女はそろそろ寝《やす》んだほうがいいといった。

紫門は、男の写真を持って山小屋を回る前に、彼女に会いたかった。

三也子との電話を切ると、小室主任の自宅に電話した。

「どうだ。これから飲みにこないか？」

小室はすでに上機嫌のようだ。

あすから、山小屋を回ってみることを話すと、

「それはいいアイデアだ。どこの山小屋でも、君が顔を出せば協力してくれる」

小室は、紫門の行動を公務にしておくといった。山岳パトロールということにしておけば、危険手当をふくむ日給が支給されるのである。

紫門は礼をいい、今夜の酒の付き合いができないことを謝った。


早朝、署の車で上高地に着いた。交番の巡査に挨拶《あいさつ》した。巡査は手持ちぶさたらしく、コーヒーを淹《い》れてくれた。

坂巻《さかまき》温泉と上高地の九軒のホテルは後回しにして、明神館へ寄り、淑子が持っていた男の写真を主人と従業員に見せた。見覚えがないといわれた。『山のひだや』での答えも同じだった。

嘉門次《かもんじ》小屋へ寄った。夏場は男のアルバイトが数人いるが、宿泊者の少ないいまは、主人と、後継者になる娘だけだった。

「山登りに馴《な》れている人だね」

主人は、写真を一目見ていった。ソツのない服装がそう見えるという。

主人と娘は、見覚えのない人だといった。

徳沢《とくさわ》ロッジと徳沢園へ寄ったが、やはり写真の男は知られていなかった。

広場にはテントが三張あった。髭面の男たちが前穂《まえほ》を仰いでいた。白い雲が頂稜にからんでいる。その男たちにも写真を見せたが、知らない人だといわれた。

一時間かけて横尾山荘に着いた。

「一人ですか?」

山荘の主人が食堂へ出てきていた。

紫門は単独でやってきた目的を話した。

主人は、男の写真をしばらく見ていたが、見覚えのない人だといった。この宿へ二回や三回泊まった程度では記憶されない。なにしろ三百人収容の山小屋なのだ。

ここで腹ごしらえをした。

川音のするキャンプ場にはテントがあった。一組の男女がいた。きょうは山登りをしないらしい。

「救助隊の人ですね?」

男のほうがいった。涸沢で紫門を何度も見かけているのだという。

「登山者は誰も同じような服装をしていますから、知り合いでもないと分からないですよ」

男はくわえタバコでいった。

横尾谷を登って、本谷橋《ほんだにばし》に着いた。五、六人が荷を下ろしていた。その人たちにも写真を見てもらったが、全員首を横に振った。

雲の流れが早くなった。風が冷たい。

三十分ほど登った。紫門は男の写真を出した。二枚の写真が撮られた場所だった。いったい誰がこの男をここでカメラに収め、どういう手順で淑子の手に渡ったのか。彼女が撮って持っていたのだろうか。

あちらこちらに雪があった。高度をかせいだということだ。

途中で出会った登、下山者にも写真を見せながら、三時間足らずで涸沢に着いた。風が強くなっていた。身を切るような冷たさだ。

「紫門さん。なにがあったんだね？」

たった一人で登ってきた紫門に、涸沢ヒュッテの支配人はきいた。

「この人が誰かを、どうしても知りたいんです」

紫門は、殺人事件の被害者が持っていた写真とはいわなかった。

「さあ……」

支配人は、写真を紫門の手に返した。

きょうは涸沢小屋へ泊まることにした。常駐隊には最もなじみの深い山小屋である。

ストーブの前で、主人は写真をじっと見ていたが、

「見たことがあるような気がするな」

と答えた。

「最近見た人ですか?」

「いや。何度も見たことのある人だと思う」

「じゃ、何度か、ここへ泊まった人でしょうね?」

「そんな気がする」

しかし、名前までは思い出せないといった。

天気が崩れるかと思ったが、寝る前に外に出てみると、頭上は満天の星だった。ここは標高二三五〇メートルだ。

三也子に電話で、星の美しさを伝えた。

「そこに常駐しているころ、二人でよく星空を見上げたわね」

「君は星座をよく知っていた。いくつか教えてもらったけど、もう忘れてしまった」

「寒いでしょ?」

「外は氷点下二度ぐらいだね」

きょうは、写真の男についての収穫はなかったが、涸沢小屋の主人だけが、見覚えがあると答えたことを話した。

「あしたは?」

「北穂高小屋と穂高岳山荘に当たるつもりだ」

三也子は、二年前の夏までいた涸沢を思い出しているようだった。

次の朝も紫門は、山小屋の主人に男の写真を見せた。名前は思い出さなくても、この男の特徴のようなものを覚えているかもしれないと思ったからだ。主人は、顔に見覚えがあるだけで、ほかのことは思い出せないといい、

「せっかくきてもらったのに、役に立てなくて悪かったねえ」

といった。

昨夜の星空は嘘のように、けさは雲が低かった。いまにも雪が降ってきそうである。

夏場はこのカールに、数百張のテントの花が咲くのだが、現在は二十張ぐらいで、穂高からの吹き下ろしに震えていた。

6

北穂山頂には二時間で登り着いた。何度登り下りしたか数えきれないコースである。岩のあいだにたまった新雪が凍っていた。それを蹴ると、粉をまいたように風にきらめいた。

北穂高小屋の主人は、男の写真をにらんでいたが、見覚えのない顔だといった。

紫門は礼をいうとザックをかついだ。

「もう発《た》つのかね」

「雪になりそうですから」

「午後から降るだろうね」

主人は、門口で紫門を見送った。

北西の風に押されながら、涸沢岳を越えた。

一昨年の九月の雨の日、根岸正継が怪我をして動けなくなったという場所を通過した。削げ落ちた飛驒《ひだ》側の深い谷が見えた。足を踏みはずしたら何百メートルも転げ落ちるだろう。

クサリ場で男の二人連れを追い越した。南側からやってきた男の三人パーティーとすれ違った。一人が足を痛めているようだった。大丈夫かと紫門はきいた。

「少し痛みますが、北穂の小屋までなんとか」

若い男は答えた。同行の二人の足取りはしっかりしていた。

三人が岩の陰に見えなくなると、紫門は歩き出した。

北穂高小屋を発って、二時間二十分で穂高岳山荘に到着した。

小雪が舞い始めていた。降雪を予想してきょうの行動を見合わせてか、四、五人がストーブを囲んでいた。ここは涸沢岳と奥穂高岳の鞍部《あんぶ》で、二九九六メートル地点である。石畳の先には奥穂の黒々とした岩壁が立ちはだかっている。

紫門はここの主人や支配人とも顔なじみだ。

男の写真を見た支配人は、

「見覚えがあります。うちの小屋へ何回か泊まった人です」

といった。

従業員の一人も、見覚えがあると答えた。

「いつ泊まったか、思い出せませんか？」

紫門はきいた。ここまでやってきた甲斐《かい》があったと思った。

支配人は考え顔をしていたが、写真の男はどういう人なのかときいた。

紫門は、穂高町で殺された女性がザックに入れていた写真であることを話した。

「その人のご主人は根岸正継という名ですが、一昨年の九月、涸沢岳の南寄りで怪我をして動けなくなりました。通りかかった登山者が、ここへ救助を要請し、県警のヘリが、怪我人を救助して松本市内の病院へ収容しましたが、四日目に亡くなりました」

「そういう事故がありましたね。あれはたしか雨の日でした。怪我人は岩場に一晩いて、次の日に発見されて救助されたんでしたね？」

「そのとおりです」

「怪我をした日に発見されれば、生命を落とさずにすんだでしょうがね」

「ぼくは、その記録を読みましたが、根岸さんはなぜ怪我をした日に発見されなかったんでしょうね？」

「私もあのとき、同じ不審を持ちました」

「稜線から転落したわけではないのですから、縦走中の登山者に発見されそうなものですが」

「稜線を逸《そ》れたところにいたんじゃないでしょうか。縦走路上にいれば、誰かに見つけられたはずです」

「天気が悪かったので、一人も通らなかったんでしょうか？」

「たしか、朝から雨は降っていました。でも、九月です。一人も通らないということはないでしょうね」

「九月十七日ですが、その日のここの宿泊者は何人でしたか？」

支配人は少人数だったと思うといって、受付のある帳場から、一昨年九月の宿泊カードを出してきた。

当日の宿泊者は十二人だった。

十六日にこの小屋に泊まって、北穂へ向かった人がいるはずだ。十六日の宿泊者は十八人で、翌日の山行計画を「北穂」と書いている人は五人だった。

その五人は、朝のうちに出発して北穂へ向かっただろう。その途中で根岸とすれ違っているはずだ。だがそのときの根岸は怪我をしていなかったのではないか。

紫門は、「しまった」と胸の中で舌打ちした。北穂高小屋で、十七日の朝出発して穂高岳山荘方面に向かった登山者を調べてくるのだったと後悔した。

彼はさっき寄った北穂高小屋へ電話を入れ、一昨年の九月十六日の宿泊者のうち、翌日、穂高岳山荘方面に向かった人を調べてもらいたいと頼んだ。

穂高岳山荘の九月十七日の宿泊者全員の宿泊カードを書き写してもらうことにした。この日、北穂側からやってきて、怪我をした根岸を見ている人がいるのではないかと気づいたからだ。怪我人を見ながら、山小屋に着いてそれを知らせなかったとしたら、これは登山者として許されることではない。自分では助けることができなくても、出会った登山者か、最寄りの山小屋に怪我人のことを知らせるのは登山のルールである。放置したら生命にかかわると判断しながら、誰にも告げずに下山したとしたら、未必の故意として責められるべきだ。

「この写真の人、根岸さんが怪我をした日に泊まったんじゃないかな？」

支配人はつぶやいた。

二年前のことなのに、支配人には記憶に残っていることがあるらしい。

「この中に、写真の男がいるというんですね？」

紫門は身を乗り出した。

「私の記憶にあるこの人は、雨に濡れてここへ入ってきたような気がするんです。ですから、あるいは根岸さんが怪我をした日に泊まったんじゃないかと思ったんです」

支配人のその記憶が合っていたとしよう。

怪我をした根岸は、岩稜で男の登山者に出会った。男は根岸が動けないでいるのを見たが、通りすぎてしまった。根岸のほうは、男が最寄りの山小屋へ、怪我人がいることを通報してくれるものと思っていたが、その日は誰も救助にやってこなかった。彼は次の日、県警のヘリによって吊り上げられたが、前の日に救助されなかったことを恨《うら》んだ。通りかかった男が、山小屋の人に、早く助けてやってくれといえば、冷たい雨に濡れて一夜を明かすことはないのにと悔やんだのではないか。そのことを、看病に駆けつけた妻の淑子に話した。根岸は死んだ。淑子は、なんらかの方法で、男の写真を手に入れた——ということではないか。

北穂高小屋の主人から電話が入った。

一昨年の九月十六日の宿泊者のうち、翌十七日に奥穂高岳方面へ縦走すると登山計画書に記入している人は三人で、そのうちの一人が根岸正継だという。

ほかの二人の氏名と住所を、紫門はきいて控えた。

紫門は、支配人と向かい合って昼食を摂《と》った。肉の入った味噌汁がうまかった。

「雪になりましたが、きょうはどこまで下るんです?」

「涸沢まで下って、ようすをみます」

「紫門さんにとってこの辺は、自分の家の庭みたいなものだからね」

紫門はザックをかつぎ上げたが、トイレを借りることにした。

この山小屋のトイレは凝っている。各扉にエベレスト、K2、ローツェ、アコンカグア、キリマンジャロ、モンブラン、マッキンリーなど、世界の高峰の名がつけられ、その標高が書いてあるのだ。小屋の裏手には三基の風車が回っている。西側の深い谷から吹き上げる風を利用しての風力発電装置である。すべては主人のアイデアである。

横なぐりの雪のザイテングラートを、約一時間で下り、昨夜泊まった涸沢小屋に着いた。

横尾まで下れないことはなかったが、大事をとって、今夜もここに泊まることにした。

夕方から雪はますます激しくなった。

彼は窓をのぞいた。径《みち》に迷ったり怪我をする人がいなければよいがと、窓枠を斜めに切る雪を眺めた。

小室主任に電話を入れた。この付近で遭難事故が発生したら、紫門はすぐ現場に駆けつけるつもりだ。

「君にとっては住み心地のいい場所だろ。小屋閉めまでいたらどうだ」

小室は冗談をいった。小屋閉めは十一月初めである。

7

次の朝、雪はやんでいた。だが降り足りないのか、どこにも晴れ間は見えなかった。

豊科署に着くと、各山小屋でき込んだ結果を、小室に報告した。

「穂高岳山荘の支配人の記憶が合っていれば、根岸正継が怪我をした当日の宿泊者の中に、写真の男がいることになるな」

彼は、十二人分の宿泊カードの写しに目を通した。

十二人の中には、前夜、北穂高小屋に泊まり、雨を衝いて穂高岳山荘へやってきた二人がふくまれている。その朝、北穂高小屋を出発し、南に向かった登山者は三人だった。そのうちの一人が根岸である。三人とも単独行だった。根岸以外の二人が、彼より先に山小屋を発ったのか、あとだったかについては北穂高小屋の主人は覚えていなかった。

もしも根岸が二人よりも先に出発し、途中で怪我をして動けなくなったのだとしたら、二人とも根岸を見ていることになる。二人が怪我人を見ながら、山小屋にそれを通報しないということは考えられない。二人が山小屋へ着いて怪我人のことをなにも語らなかったとしたら、二人の落ち度によって根岸は手か足を痛めたのではないか。

穂高岳山荘の支配人は、写真の男は、単独で雨に濡れて入ってきたような気がするといった。その日の十二人の宿泊カードを見たが、誰が写真の男だったか、雨に濡れて入ってきた男だったかは思い出せなかった。

十二人の住所は、松本市が一人、諏訪《すわ》市が二人、東京都内が五人、千葉市が二人、神奈川県が二人だった。

紫門は、この十二人についての調査をやらせてもらえないかと小室にいった。

小室は二、三分考えていたが、席を立った。刑事課へ行ったのだ。了解を取るためだった。

彼は十五分ほどして紫門の前へ戻ってきた。

「紫門君が単独でやるのでなく、うちの隊が捜査協力するということで、了解を取った」

紫門は、あすから十二人についての調査を始めることになった。

アパートへ帰ったが落ち着かず、あらためて十二人の宿泊カードを出してみた。

松本市内に住む人が一人いた。地図を見ると自転車で十五分もあれば行ける場所だった。

彼は着替えた。不精髭が伸びているのに気づいて鏡に向かった。

その男は安部《あべ》といって、宿泊カードに三十五歳と記入している。二年前のものだから、現在三十七歳だ。

淑子が持っていた写真の男は四十歳見当である。いつ撮ったものかも不明だ。

安部の住所の近くの家の人に写真を見せた。この人が近所に住んでいないかときいた。玄関に立った主婦は、知らない人だと答えた。

安部の家業は小規模な印刷業だった。その隣りの家にも写真を見せた。やはり見たことがないという。そこで安部はどんな顔つきの人かと尋ねてみた。身長は一六五センチ程度と小柄で、背丈のわりに顔が大きいという。写真の男とは別人ということが分かった。

あすは、諏訪市に住む二人について確認したあと東京へ行くことを、三也子に伝えた。

「あしたの晩は会えるのね」

彼女の声は弾んでいた。

スズメの鳴き音で目を開けた。部屋の窓から手の届くところにカキの木が二本ある。天気のよい朝はその木にスズメが何羽もやってくるのだ。カキの実は色づいていくつも生《な》っているが、家主はそれを放ったらかしである。熟した実を、カラスやヒヨドリがきてついてゆく。

彼は、濃茶色のコール天のジャケットに袖を通した。三也子が贈ってくれた物である。彼女は、年の暮れまでにセーターを編んで送るといっていた。

諏訪市の井上《いのうえ》という男は二十七歳と、宿泊カードに記入している。もう一人の植竹《うえたけ》という男は三十歳となっている。

二人の住所の近所の人に、淑子が持っていた男の写真を見せた。この近くの人ではないといわれた。

特急を八王子《はちおうじ》で降りた。住所が都内になっている五人のうちの一人が八王子市だった。江波《えなみ》というその男は四十二歳となっている。写真の男と年齢が近い。近所の人に写真を示し、江波ではないかと、ずばりときいた。江波はメガネを掛けて、痩《や》せていて背が高いという。この人も別人だと分かった。

十二人中四人を抹消した。

都内に住所が点々としている木内《きうち》、工藤《くどう》、浅利《あさり》、島《しま》の四人に当たった。そのうちの浅利という男が当時三十九歳だったが、やはり写真の男ではなかった。浅利は四季を問わず山に登るベテランということが、住所の近隣に知られていた。

未確認はあと四人になった。

三也子に渋谷《しぶや》駅前で会った。人混みの中で長身の彼女はすぐに見つけることができた。

彼女は二十八である。大柄なわりに顔が小さく、ひきしまったからだつきだ。山岳救助隊員のころは、顔も腕も陽焼けしていたが、もともと色は白いほうである。薄化粧した彼女は、人混みをかきわけて近寄った紫門を見て、目を細めた。髪を撫《な》でつけたようにして、後ろで結わえていた。彼は肩を並べると、彼女の手を握った。それに応えて彼女も握り返した。

二人で何度も行ったことのある和風レストランに入った。彼女もけっこう飲《い》ける口である。

紫門は男の写真を彼女に見せた。

「あら、見覚えがある人だわ」

彼女は即座にいった。涸沢にいたときに見たような気がするという。

「間違いないか?」

「ええ。覚えている顔だわ」

彼女は、どこでこの男に会ったのか、なぜ覚えているのか思い出してみるといった。

紫門は、きょうの調査結果を話した。

「十二人全員が写真の男じゃないと分かったら、当人たちに写真を見てもらったらどうかしら」

三也子はいった。

「そうか。それには気がつかなかった。誰かが、写真の男を知っていることが考えられるものね」

あすは残りの四人を確認するつもりだが、写真の男と別人と分かったら、当人たちに直接当たることにしよう。

「淑子さんのご主人は、九月十八日に病院に運ばれて、二十一日に亡くなったといったわね」

三也子は盃を置いた。

「怪我をして五日目に死亡した」

「病院で、付き添っていたのは、淑子さんだけかしら？」

「彼女より一足遅れて、根岸正継の妹夫婦が駆けつけているということだった」

根岸は、妻に看取られて息を引き取ったと、紫門はきいている。

「三人だけかしら？」

三也子はつぶやいた。

「ほかに誰かがいたんじゃないかっていうんだね？」

「わたしはそんな気がするわ。病院に収容されて、すぐに亡くなったのなら、看取った人はごくかぎられた人たちでしょうけど、四日間生きていたんだから、親しい人がお見舞いをしていると思うの」

彼女のいいたいことが分かった。根岸は息を引き取るまでの間、妻や見舞いにおとずれた人に、少しは話をしているのではないかというのだ。それは重要な話で、淑子が持っていた写真は、根岸がいい遺《のこ》したことに関係があるのではないかと思われるという。

目下、二人の刑事が上京している。彼らは淑子の身辺を洗っているにちがいないが、いま三也子のいったことに気づき、誰と誰が根岸を見舞ったかを、義妹の待子からきき出したろうか。

「涸沢岳で怪我をした根岸さんを救助したのは、誰なの?」

「及川君と寺内君だ」

三也子は、救助隊員の二人をよく知っている。

「二人は、怪我人からなにかをきいていなかったのかしら?」

「及川君にきいたが、ほとんど意識がなかったといっていた」

「そうでしょうね。真夏でも一晩じゅう雨に当たっていたら、凍えてしまうわ」

彼女は、常駐隊員として涸沢にいたことを思い出しているようだった。

二章　青い鈴の男

1

一昨年の九月十七日、穂高岳山荘に宿泊した十二人全員の人相を確認したが、その中に根岸淑子が持っていた写真の男はいなかった。

神奈川県内に住む佐々木《ささき》と関《せき》、千葉市に住む中井《なかい》と長谷川《はせがわ》には直接面会した。写真を見せ、知っている男ではないかときいた。四人とも見覚えがないと答えた。

この調査によって、山荘の支配人の記憶があやまりであることを知った。

だが、写真の男に見覚えがあるという記憶は確かだろう。雨に濡れて山荘へ入ってきたのを覚えているというのも合っているような気がする。その日が、一昨年の九月十七日ではなかったということだ。

山小屋へ雨に濡れて入ってくる人は、年間に数えきれないほどいると思う。支配人が写真の男を覚えているということは、ただ雨に濡れてきたのでなく、記憶に残る出来事があったにちがいない。

登山や、長時間雨に当たったため、衰弱したか熱でも出し、山小屋に倒れ込んだのではないか。支配人は看病したために、顔を覚えているということも考えられた。

紫門は、穂高岳山荘の支配人に電話した。一昨年の九月十七日の宿泊者の中に、写真の男はいなかったことを報告し、なぜ写真の男の顔に見覚えがあるのか思い出してくれと、あらためて頼んだ。

「怪我をしたか病気になった人だったから、覚えているんじゃないですか?」

「そうかな。そういう人なら、日誌につけてあります」

仕事がすんだら、日誌を読み返してみると支配人はいった。

紫門は、男の写真二枚を複写することにした。三也子にあずけるのだ。彼女は前夜、涸沢で見たような気がするといっていた。

写真の男がたびたびか、あるいは毎年涸沢へ行って何日か滞在する人なら、同じように毎年涸沢へ行く人に知られていそうだ。彼女はそういう人を幾人も知っている。写真を持って当たってみると昨夜いったのだ。

夜になったが、紫門は金村夫婦を中野区の住まいに訪ねた。夫婦には小学生の女の子が一人いた。丸顔が金村に似ていた。

夫婦は淑子の葬儀を寺ですませ、遺骨を引き取ったといった。

白布を敷いた小さな台の上に、これも小さな遺影と遺骨と白木の位牌《いはい》がのっていた。

淑子は一人っ子だったし、遺骨を引き取る身内が他にいなかったのだ。

「義姉は兄に、しがみつくようにして生きていた人です」

待子がいった。

憂いをふくんだ淑子の顔や姿は、生い立ちの反映のように思われた。

彼は、線香を供えて合掌した。

金村夫婦は、膝をそろえて紫門に頭を下げた。

「刑事がきましたか？」

紫門は夫婦にきいた。

「豊科署でお会いした方が二人、お見えになりました」

待子が答えた。

二人の刑事は、淑子の身辺を調べたが、犯人に結びつく情報を摑むことはできなかったようだという。

「淑子さんは、去年から今年にかけて、いや、もっと前からかもしれませんが、上高地周辺へたびたび行っていたようですが、それをご存じでしたか？」

「刑事さんからも伺いました。わたしは一度、義姉から、上高地へ行ってきたときいたことがありますが、たびたび行っていたなんて、知りませんでした」

紫門は、写真家久住保生が、淑子に三回も出会い、そのたびにレンズを向け、その写真を自分の写真展に出したことを話した。

「そのことも刑事さんから伺いましたが、義姉も自分の写真が写真展に飾られたことは知らなかったと思います」

「淑子さんは、久住という写真家を知っていたでしょうか?」

「知らなかったでしょうね。自分の写真が写真展に出ていることを知ったら、それをわたしに話したと思います。久住さんが義姉を知っていたとしたら、写真展の開催を連絡してきたんじゃないでしょうか」

淑子がたびたび上高地や安曇野を訪ねていたのは、観光やハイキングではないような気がするが、その目的を知っていたかと、紫門はきいた。

「分かりません。義姉は安曇野が好きでしたが、観光以外になにか目的があって訪ねていたことはきいていませんし」

「金村さんは、淑子さんとはめったにお会いにならなかったんですね?」

「兄が亡くなってから、三、四カ月に一度ぐらいしか会いませんでした。電話もわたしのほうからすることがほとんどでした」

待子は、遺影のほうをちらりと見て答えた。

「淑子さんは、あまり人とお付き合いをしないほうだったんですね?」

「芯《しん》の強い人でしたが、無口でした。どこへ行くにも兄と一緒で、兄が亡くなったとき、兄の後を追うんじゃないかと、わたしたちは心配したくらいです」

「それほど夫婦仲がよかったということですね」

「兄の呼吸を、吸い込むようにして暮らしていた女性です」

「お子さんには恵まれなかったんですね？」

「一度流産したんです。それきりできなかったようです」

「淑子さんは丈夫でしたか？」

「はかなげに見えましたが、重い病気をしたことはありません。結婚前もそうだったようです」

「なにか仕事を持っていたんですか？」

「結婚前はお勤めしていましたが、兄と一緒になるとやめました。兄はお友だちと建築設計事務所をやっていましたが、義姉はそれにも従事しないで、兄の着る物を作ったり、お料理をしていました。うちの子が着ている物は、ほとんど義姉が作ってくれた物です」

子供はさっき、ふすまの向こうに消えたきり出てこなかった。

「淑子さんの事件と、ご主人の根岸さんが、山での怪我がもとで亡くなられたことは、関係があるような気がしますが、どうおききでしょうか？」

「刑事さんも同じことをおききになりましたが、わたしたちには……」

待子は黙っている夫の顔に目をやった。

金村は首を傾《かし》げた。めったなことはいえないという表情だ。

「根岸さんが入院なさってから、お見舞いをされた方は、何人もいらっしゃいますか？」

「四、五人いらっしゃると思います。わたしが病院でお会いしたのは三人です」

待子が会ったのは、根岸と一緒に設計事務所をやっている清沢《きよさわ》と、大学時代からの友人の二人だという。あとの一人か二人は誰だったか知らないといった。

「奥さんが病院にいらっしゃるあいだ、根岸さんはお話ができましたか？」

「小さな声でしたが、話しました。助からないと思っていたのでしょうか、義姉には事務所のことなんかを話していたようです」

淑子はベッドに寄り添って、夫の利くほうの手を握りとおしていたという。

「根岸さんがなにをお話しになったかを、淑子さんからおききになりましたか？」

「兄は、義姉の将来のことをとても気にかけていたようで、事務所で掛けていた保険や、預金のことを、繰り返し話したといっていました」

根岸が清沢と共同経営していた設計事務所の業績は好調だった。生命保険にはいくつも加入していた。それを受け取った淑子は、夫の死後働いていなかったという。

紫門は、現在清沢がやっている設計事務所の所在地と自宅の住所、それから待子が病院で会った根岸の二人の友人の住所をきいて、ノートに控えた。

「紫門さん。淑子さんの事件に義兄《あに》の死亡が関係しているとしたら、どんなことが考えられますか?」

金村が初めてきいた。

紫門は、淑子は登山姿の男の写真を二枚持っていた。そのことから、写真の男をさがしていたのではないかと思うと答えた。

「どうやってさがし出すつもりだったんでしょう?」

「北アルプスの登山基地へ行っていれば、いつかは出会うことができると考えたんじゃないでしょうか」

「もし出会えたら、どうする気だったんでしょうね?」

それは分からないといって、紫門は首を横に振った。

紫門は思いつき、根岸と淑子のアルバムを見せてもらえないかと頼んだ。ひょっとすると、アルバムに例の男の写真が収まっているのではないか。それに氏名でも書いてあれば、謎の一つが解けそうな気がする。

「義姉の家へこれからまいりましょうか?」

待子がいった。車でなら、十五分もあれば着けるという。

待子は子供の部屋へ行った。外出することを告げるようだ。

2

淑子が住んでいたのは、阿佐ヶ谷《あさがや》駅に比較的近いマンションだった。

部屋の中は整頓されていた。きれい好きだった淑子の性格が部屋のあちこちに表われているようだった。

アルバムは書架に入っていた。根岸が山で撮ったのが三冊あった。撮影年月が小さく記入されている。

紫門には、どこの山で撮ったのかの見当がついた。

待子が指差した男は、背が高そうだった。

「これが兄です」

根岸はゴーグルをして雪にピッケルを突いていた。春山らしい。

赤い三角屋根を背景にしているのもあった。後立山《うしろたてやま》の種池《たねいけ》山荘であることが分かった。たぶん爺ヶ岳《じいがたけ》へ登ったときのものだろう。

黒々とした岩山をバックにした青い屋根の山小屋を入れて根岸が立っているのもあった。夏山である。立山の雄山《おやま》と浄土山《じょうどさん》の鞍部に建つ一ノ越《いちのこし》山荘の近くで撮ったものである。

「1993・9・10」と記入のあるページの写真は、梓川の河原と涸沢カール、それから前穂、涸沢岳を撮ったのが二十数枚あった。涸沢の紅葉はまっ盛りで、赤い斑《ふ》がいたるところに散っていた。そのページに空白があった。写真を貼っていたが、取り出した感があった。

紫門はバッグから男の写真を二枚出した。ポストカード大である。その二枚を空白の個所へあてはめてみた。ぴたりと空白が埋まった。

淑子は、このページから男の写真を二枚抜いて、持っていたらしい。

その男の写真を他のページでさがした。金村夫婦も慎重にさがしたが、謎の男の写真は見当たらなかった。根岸はこの男を、涸沢への登りで一度だけ撮ったというのだろうか。知り合いではなかったが、そのときの山行で印象に残る登山者だったから撮ったということなのか。

紫門は、「1993・9・10」の日付をノートにメモした。淑子が持っていた写真の男を撮った日が分かっていれば、のちのちの調査に役立ちそうだ。

待子が急に口に手を当てた。彼女は兄が撮ってアルバムに収めた淑子の写真を見ていたのだ。幸福の絶頂期にあったように、淑子はバラの花に囲まれて笑っていた。それの日付は、二年前の五月だった。根岸はその年の九月にこの世を去ったのである。そバラ園の写真には「横浜にて」と記入してあった。このとき二人は、四カ月後に訪れる不幸を、毛の先ほども想像しなかっただろう。

紫門は、金村夫婦に車で駅まで送ってもらって別れた。

三也子に電話で、きょうの調査結果を話した。

彼女は彼のセーターを編みながら、電話がくるのを待っていたといった。彼女は、淑子と自分を重ね合わせていたのではないか。

紫門は、昨夜もそうだったが、上京するたびに宿にしている、中野区の石津《いしづ》家へ帰った。石津は大学時代の同級生だ。彼は大蔵省勤務である。両親と一緒に住んでいて、紫門と同じで独身だ。両親は彼が早く身を固めてくれることを望んでいるようだ。これも紫門に似ている。

石津家では紫門に離れを提供してくれている。彼はそこを自由に使い、「民宿」と呼んでいる。母親の彰子《あきこ》が紫門を、実の息子のように面倒をみてくれており、彼もその好意に甘えている。

「きょう、あなたのご実家から、リンゴをたくさん送っていただいたのよ」

彰子がいって、紫門と石津が飲む酒の用意をした。

次の日、紫門は、根岸正継が生前、清沢という男と共同経営していた設計事務所を訪ねた。

そこは文京区《ぶんきょう》の東大の近くだった。

清沢は四十半ばのずんぐりしたからだつきの男だった。事務所には従業員が四、五人いて図面を描いていた。

清沢は、根岸が山岳救助隊員によって運ばれた松本の病院へ見舞いに行った一人だった。

清沢は、淑子の事件を調べている刑事の訪問を受けていた。刑事から、彼女が持っていた写真を見せられたという。

「私には見覚えのない男でした」

清沢はいった。

「清沢さんが病院へ行かれたとき、根岸さんは話ができましたか？」

「力のない声でしたが、話はできました。彼は自分の容態に気づいていたらしく、もしものことがあったら、淑子さんにできるだけのことをしてやってもらいたいといいました」

清沢は当然のこととして承知していたが、手を握って勇気づけたという。

「私は、根岸さんが淑子さんにいい遺《のこ》したことがあったものと思っています」

紫門はいった。

「それはあったでしょうが……」

清沢は、紫門の目の奥をのぞく表情をした。

「淑子さんの将来のことだけでなくて、例えば山でなにかがあって、動けなくなったことを話したような気がするんです」

「なにかがあって、とおっしゃると?」

「彼女が持っていた写真の男のことです。彼女は写真の男をさがすために、上高地周辺や安曇野へたびたび行っていたのではないかと、私は推測しています」

「男をさがすためとおっしゃると、根岸君はその男に、なにかされたということですか?」

「そう思っています。そのことを根岸さんは、奥さんに話したのではないでしょうか」

「紫門さんは、根岸君が、写真の男に殺されたとでも?」

「あるいはそうではないかと……」

「彼は怪我をしたが、救助された。結果的には怪我がもとで死ぬことになりましたが」

「刑事から、淑子さんの指紋のついたナイフが、現場で発見されたのを、おききになりましたか?」

「伺いました。そのことは新聞にも出ていました。……淑子さんは、写真の男に報復する目的で、ナイフを持っていたんじゃないかといわれるんですね?」

「そんなふうにも考えられます」

「あの奥さんが、そんなことをするとは、とても思えませんがね」

「しかし、ご主人が殺されたのだとしたら、自爆を承知で、復讐する気になったんじゃないでしょうか」

「根岸君は、写真の男に恨まれていたのかな？」

清沢は窓のほうに顔を向けた。生前根岸は、窓に近い椅子にすわっていたのかもしれない。

「淑子さんは、男の写真をどこかで手に入れたんでしょうね？」

「根岸さんが山行のたびに撮っていたアルバムだと思います。アルバムの一九九三年九月十日のページに、写真を二枚はがした空白がありました。そこに男の写真が貼られていたのではないかと思います」

「根岸君は、毎年秋には山へ登っていましたからね。写真を保存していたということは、彼はその男と知り合いだったんでしょうね」

「アルバムのほかのページには、その男の写真はありませんでした」

「根岸君は、死ぬ前の年にその男と知り合い、翌年一緒に登ったんでしょうか？」

自分を傷つけたり殺すような人間と、山へ同行したのだろうか。相手の肚《はら》の中にあるものを知っていたら、一緒に山には登らなかったろう。ひょっとしたら根岸のほうに、深い恨みがあり、それを晴らそうとして、逆に怪我をさせられたとも考えられる。

紫門は、清沢が根岸を見舞ったさい、ほかに見舞い客がいたかときいた。

「淑子さんと、根岸君の妹さんだけでした」

紫門は根岸の人柄をきいた。温厚で真面目な男だったし、いまでも彼を失ったことを悔やんでいると、清沢はいった。

「とても仲のよいご夫婦だったそうですね？」

「彼は奥さんを大事にしていました。淑子さんはご両親と早く死に別れて、身寄りの少ない人でした。そのことも根岸君は不憫《ふびん》に思っていたようです」

紫門は、根岸を見舞った彼の大学時代の友人にも会ってみるといって、椅子を立った。

根岸の友人の一人は運輸省勤務、一人は都内の高校教諭だった。

運輸省勤務の友人は、根岸から特にいい遺すような話はきいていないと答えた。

高校教諭は、根岸と何回も山行をともにした仲だった。彼は根岸から怪我をした経緯などはきいていないが、彼より一日早く根岸を見舞った山友だちがいるといって、名前と連絡先を教えてくれた。

それは白戸《しろと》といって、電気工事会社に勤務している男だった。

白戸の勤務先は品川《しながわ》区にあった。紫門は電話した。白戸は待っていると答えた。

白戸は薄茶色のユニホーム姿で出てくると、談話室という札の下がった部屋へ案内して、名刺を出した。白戸豪《ごう》となっていた。談話室には長いテーブルが二つあり、棚には将棋盤や碁盤が置いてあった。

自動販売機で缶コーヒーを二本買ってくると、一本を紫門の前に置いた。

白戸は四十歳くらいだった。額に切り傷の跡があった。

紫門は、調査の主旨を話した。

「私と根岸君は、十五年間ぐらい付き合いをしていました」

「大学時代のお友だちですか？」

紫門はきいた。

「山で知り合ったんです。南アルプスの甲斐駒《かいこま》です」

「岩登りをなさっていたんですか？」

「いえ。一般の登山道を歩いていたんですが、落石を受けました。この傷はそのときのものです」

白戸は額に指を触れた。

「目をやられるところでしたね」

「当たりどころによっては、助からなかったでしょうね」

それはやはり秋だったという。単独行の白戸は落石を受けて倒れた。額が割れて血が流れた。そこへ、同じく単独行の根岸が通りかかり、白戸に応急手当てをほどこした。

三、四十分待っていたが、登、下山者は通らなかった。ただでさえ登山者の少ない山であるから、通りかかる登山者を当てにできないと判断した根岸は、最寄りの山小屋へ走った。

三時間後、根岸は山小屋の主人を連れて戻り、二人で白戸をかついで山小屋へ収容した。

その日、夜半から雪になった。もしも根岸が通りかからなかったら、白戸は凍死したにちがいなかった。

「私は、根岸君を命の恩人と思っていました」

根岸は山男として当然のことをしたまでだが、白戸は、もし自分で役立つことがあったら、なんでもするからそういうときは声を掛けてくれと根岸にいっていた。

以後、白戸は年に二度ぐらいしか山に登らなくなった。

「根岸さんとは？」

「里ではよく会っていましたが、一緒に山に行ったことは一度もありません」

したがって山友だちとはいえなかった。

一昨年の九月、根岸の妻淑子から白戸に電話が掛かった。根岸が北アルプスで怪我をして病院に収容されたが、会いたいといっている。できるだけ早くきてもらえないだろうか、と彼女は急《せ》き込むようにいった。

3

病院へ駆けつけた白戸に、根岸はこういう話をした。

――九月十七日（一昨年）、前夜泊まった北穂高小屋を出発した。早朝に発つつもりだったが雨が激しく降っていたため、二時間ばかり見合わせていた。雨足が弱くなったのを見て、奥穂へ向かった。涸沢岳を越えたところで、足をひねってしまい歩くことが困難になった。

このコースを何度か渉《わた》った経験から、五、六〇メートル先の信州《しんしゅう》側に大岩があるのを知っていた。そこにもぐり込めば、多少は雨を避けられそうな気がし、膝で這っていた。

と、そこへ、鈴の音が近づいてきた。それをきいて、「助かった」と思った。

近づいてきた男は立ちどまると、岩の上から根岸を見下ろした。根岸は足が痛んで歩けないから、四、五〇メートル先の大岩まで肩を貸してくれないかと頼んだ。男は岩を下りて二、三歩、彼のほうへ寄ってきたが、自分もこのとおり雨に濡れているし疲れている、といい残すと、稜線の向こう側へ消えてしまった。男のザックには青い色の鈴がついていた。根岸はその鈴に見覚えがあった。たしか前の年、横尾山荘で会い、話をしたことがあったし、次の日、涸沢への登りでカメラに収めた覚えがあった。

鈴の音が遠ざかると根岸は、「ちくしょう」とつぶやいて唇を噛んだ。

大岩までなんとかたどり着こうと、岩稜を這っていたが、バランスを崩して三、四メートル転落した。その拍子に、手と足をひねるか骨を折った。いよいよ動けず、稜線へ戻ることすらできなくなった。

恐れていた夜がやってきた。登山者の通ることは期待できなくなった。しかし、さっきの鈴をつけた男は、穂高岳山荘か北穂高小屋で根岸のことを伝えたろうと思った。それをきいた山小屋の人や、そこにいた登山者が救助にきてくれるものと期待していたが、その日は誰もこなかった。

雨は明け方にやんだ。明るくなると風が出てきた。根岸はザックを抱えて震えていた。「死んでなるものか」と声に出し、淑子の名を繰り返し呼んだ。

午前十時ごろ、北穂側から男が二人やってきて、根岸を見つけた。きのうの男の通報をきいて救助にきた人たちではなかった。

二人は、穂高岳山荘へ走って、救助要請するから、それまで頑張れ、といって去った。

根岸は意識を失《な》くした。

ヘリの音をきいて目を開けた。山岳救助隊だった――。

「根岸さんは、鈴をつけていた男の人相を話しましたか？」

紫門は白戸にきいた。

「背が高くて、髭の濃い男で、四十歳ぐらいだといいました」

それをきいて、紫門は淑子の持っていた男の写真を出した。

その男はそれほど背が高そうではなく、髭が濃いようにも見えなかった。ザックを背負っているが、それに鈴を吊っているかどうかは分からない。

「根岸さんが白戸さんに話すのを、奥さんはきいていましたか？」

「ええ。そばにいらっしゃいましたから」

根岸が白戸に話した次の日、彼は息を引き取ったのだった。医師は、もう少し早く救助されれば死ななかったろうと、白戸に語ったという。

根岸の葬儀がすんで二週間ほどしてから、白戸は花を持って淑子を自宅に訪ねた。

根岸の山行のアルバムを見せてもらった。青い鈴をザックにつけた男の写真をさがし出すつもりだった。根岸は同行者でもない登山者を何人も撮っていた。写真好きだった彼は、いつ見ても変わることのない山を撮ることに飽きてか、山径《やまみち》を登り下りする男女を撮るようになっていた。だから淑子の知らない人が何人もアルバムに収められていた。

白戸はアルバムを入念に見たが、根岸が死の床で語った男を特定することはできなかった。

翌年の春から白戸は、暇をつくっては北アルプスへ出掛けた。それまでの彼は、登山者の多い北アルプスが好きではなかった。一緒に登る友だちもいなかったから、いつも単独で、南アルプスや中央アルプスに登っていた。

北アルプス登山を始めると、山小屋でかならず、「青い鈴をつけた、四十歳見当の男を知りませんか」ときいた。後立山へも立山へも行き、約六十軒の山小屋に立ち寄ったり泊まったりした。

「青い鈴の男を見たという話をききましたか？」

「双六《すごろく》小屋のおやじさんが、見たことがあるような気がするといっただけで、あとはまったく手がかりなしです」

白戸は、来年も青い鈴の男をさがすために北アルプスを歩くつもりでいるといった。

「淑子さんは、これと同じ写真を二枚持って、何回も上高地周辺や安曇野へ行っていたようです」

紫門は写真を出して見せた。

「アルバムを見て、これが青い鈴の男だと思ったんでしょうね。彼女は病院にいる間、根岸さんから何度も何度も、怪我をしたときのことをきいていたはずです。その話を思い返してみて、この男しかいないという結論を出したんじゃないでしょうか」

「淑子さんが、写真を持って上高地周辺へ出掛けていたのを、白戸さんは？」

「知りませんでした。根岸さんの一周忌のとき、彼女に会ったきりで、電話も掛けていなかったんです。もしも、青い鈴の男をさがそうとしたために、あんなことになったのだとしたら……」

白戸は声を詰まらせて下を向いた。

淑子は、白戸が青い鈴の男を見つけ出すために山を歩いていたことを知らなかった。彼女は山歩きの経験がないから、せいぜい上高地までしか足を延ばせなかった。白戸のほうは、青い鈴の男は雨の日に、単独行で根岸と出会っていたのだから、登山のベテランと読み、山小屋を訪ねていた。同じ目的を持った男女がいることを、青い鈴の男は知っているだろうか。

「紫門さん。淑子さんが青い鈴の男を見つけ出す目的で、上高地周辺へたびたび出掛けていたのだとしたら、どうやって見つけ出そうとしていたのかお分かりですか？」

白戸にきかれて紫門は、久住の撮った写真を頭に浮かべた。春も夏も秋も、彼女は緑色のデイパックを背負い、人待ち顔で立っていた。まるで現われるはずのない夫を待っているような表情にも見えた。

「写真の男をさがし出すのが目的だったとしたら、上高地のような登山基地にいれば、男はいつかはやってくると信じて、待っていたんじゃないでしょうか?」

「それを私にいってくれたら……」

白戸は拳を固く握った。

もしかしたら淑子は、写真の男に出会えたのではないか。その男はザックに青い鈴を吊って、彼女の前を通りかかったのではないか。

淑子は男にとっさに摑みかかるような女性ではなさそうだ。男の近くにそっと寄って、根岸正継を覚えているかと尋ねただろうか。それとも、一昨年の九月十七日、穂高の岩稜を渉っていたかときいたろうか。

ここで紫門は首を傾げた。彼女は、新島々や上高地で、写真の男が現われるのを待ちつづけていたようだ。それなのに、穂高町の農道で無残な姿になっていたのはなぜなのか。しかもそれが夜間である。

そこは、山へ登ったり下ってくる人が集まる場所ではない。日中は安曇野へやってきた観光客が、美術館や神社を見て回る。駅前で自転車を借りて、ワサビ園を見に行く人もいる。そういう場所へ彼女は、なんの用事で行ったのか。

紫門の頭にまたも写真家の久住の顔が浮かんだ。久住は彼女を三度も見掛けて被写体にした。

もしかしたら久住は、淑子に、モデルになってくれとでもいったのではないか。彼は昼間も彼女を撮ったが、夜間も撮影したいといって、人気《ひとけ》のない農道へ立たせたのではなかったか。

彼は、憂いをふくんだ美しい淑子に前から欲情を感じていた。それを抑えきれなくなって襲いかかった。彼女は、写真の男に出会って、夫を見殺しにしたことに対する復讐のために、ナイフを用意していた。そのナイフを、襲ってきた久住に向けて逃げようとした。だが、久住に叩き落とされた。久住は地元では多少なりとも名の知られた人間だ。女性をだまして襲ったことが世間に知れたら、写真家としてやっていけなくなる。そう考えて、彼女が痴漢にでも襲われたように見せかけるため、首を絞めて殺し、田圃へ放り込んだ。たまたまそこが溜池だったということではないか。

紫門は小室主任に電話を入れた。きょうまでの調査結果を報告したあと、久住の内偵結果はどうなったかの情報は入っているかときいた。

「久住には、根岸淑子が事件に遭った夜のアリバイがないそうだ。彼は自宅で仕事をしていたといっているが、隣りの家の人が、事件当夜のことを覚えていて、久住の仕事部屋には灯《あか》りはついていなかったし、彼がその部屋にいれば分かる、と証言している」

したがって久住への疑いは晴れておらず、なお内偵中であるという。

「紫門君に、穂高岳山荘の支配人から電話があった」

「淑子さんが持っていた写真の男を、思い出してくれたんですね？」

支配人は日誌を見ればなにかが分かるといっていた。

「それが人違いらしいというんだ」

「写真の男は、雨に濡れて山荘に入ってきたような気がするといっていましたが」

「彼の日誌にあった男は、稜線でにわか雨に遭った。雨具を取り出そうとして、ザックを断崖に落としてしまった。それで空身《からみ》になり、ずぶ濡れになって山荘へ倒れ込んだんだ」

「その男の身元は分かっているんですか？」

「名古屋市の人だった。年齢はたしかに写真の男と同じぐらいだった。所轄署が確認したが、その人は、淑子が殺された夜、勤務先で残業していた。例の男の写真を送って確かめてもらったが、人相が違うことも分かった。事件とは無関係だと捜査本部ではいっている」

紫門は受話器を握ってうなずいた。

彼は、北アルプスの山小屋に、青い鈴をつけた男の登山者に心当たりがないかを照会してもらいたいといった。

小室は、捜査本部より紫門の調査のほうが、一歩先を進んでいそうだといった。

4

三也子と会った。例の男の写真を複写したのを彼女に渡した。彼女が常駐隊員だったころ、山で知り合った人たちに男の写真を見てもらうのだ。

紫門は、白戸にきいた根岸正継の遺言ともいうべき話を、三也子にきかせた。

「青い鈴の男は、怪我をした根岸さんに手を貸してくれといわれながら、自分も疲れているといって立ち去ったといったわね」

一昨年の九月十七日のことである。三也子も現場がどんなところか知っている。そこを目の裡《うら》に浮かべているようだった。

「そうなんだ」

「青い鈴の男は、怪我人がいることを、なぜ穂高岳山荘に伝えなかったのかしら？」

「怪我人に手を貸してくれといわれたが、それに応えなかったからだろうね。伝えれば、山小屋の人か、そこにいた登山者の何人かが救助に向かうかもしれない。救助された怪我人は、現場で手を貸してもらえなかった男のことを話すと思ったんじゃないかな。怪我人を見て立ち去ったときは、山小屋に通報するつもりだったが、歩いているうちに気が変わり、自分の行動が責められるのを恐れ、山小屋に寄らずに下山したんだと思う」

「山小屋へ寄って、自分は疲れて手を貸すことができなかった、といってもいいと思うけど」

「それをするような人間なら、怪我人に対して、救助要請をするから頑張っていなさいの一言ぐらいいったと思う」

「青い鈴の男は、怪我人がどうなってもかまわないと思ったから、立ち去ったんでしょうね。彼は、そこを通る登山者が少なく、その日のうちに発見されたり、救助されないんじゃないかということを知っていたような気がするけど」

「砂漠のど真ん中や、絶海の孤島じゃない。日本で最も登山者の多い北アルプスのことだ。怪我人を自分が助けなくても、後からくる人が助けるか、山小屋に通報すると思い、怪我人を見なかったことにして、下ってしまったんじゃないかな」

「青い鈴の男も雨に濡れていたのだから、一刻も早く山小屋か、テントを張れる場所に着きたいと思っていたことは理解できるわ。でも、怪我の程度もきかずに立ち去ってしまうなんて……。それじゃ、モラルもなにもないと同じじゃない」

三也子の口が尖《とが》った。

「たしかに君のいうとおりだが、似たケースは何件もあるよ。怪我をしたのはその人の不注意だし、山に登って人の助けを借りようとする者は、山に登る資格がないと考えているんだ」

「誰だって、怪我には注意しているし、病気にはなりたくないわ。人の助けを当てにできないという心構えだってあるわ。だけど、思いがけない事故にみまわれることはどこにだってあるものよ。そういう立場になった人に、できるかぎりの手を差しのべるのが道理というものじゃないかしら」

「青い鈴の男も、悪天候でなかったら、怪我人に手を貸したような気がする」

「珍しく、薄情な人間の肩を持つのね。悪天候だったから、よけいに怪我人の身を気遣うのが普通だと思うわ」

「最近は常識を持たない登山者が増えているよ。君も知っているだろ。春山でピッケルを盗《と》られた人がいたじゃないか。被害者は登山のベテランだったから、ピッケルなしで下山できたが、未熟な人だったら滑落していたと思う」

「覚えているわ。ピッケルはフランス製で、世界的に有名な登山家の刻印のある物だったといったわね」

「盗んだ登山者は、貴重な物であるのを知っていたんだ。それを見て、急に欲しくなったんだよ、きっと」

「盗んだ人も、ピッケルを持っていたはずよね」

「自分の物はどうしたのかね。……雪の深い春山で、ピッケルがなかったらどうなるかを、加害者は承知していたはずだ」

紫門は、ピッケルを盗まれた人を前から知っていた。ヒマラヤに遠征したことのあるベテランで、毎年、日本の冬山で訓練を積んでいた。

「さっきの話に戻るけど、青い鈴の男は、穂高岳山荘に寄らず、雨の中をどこまで行ったのかしら?」

「奥穂を越えたとは思えないから、ザイテングラードを涸沢へ下ったんだろうね」

涸沢の二軒の山小屋へ泊まったかどうかは分からない。この前、紫門は、涸沢の山小屋へ、淑子が持っていた男の写真を見せた。一軒では見覚えがないといわれたし、一軒では見たことがあるような気がするが、名前までは思い出せないといわれた。

三也子は、バッグにいったんしまった男の写真を出し、あらためて見つめた。

「怪我人を見ながら立ち去るような、薄情な人には見えないけど」

男の人相をいった。

根岸は、この男を三年前の秋、涸沢への登りで撮っている。白戸には、横尾山荘で会話したこともあったといっている。一年後の雨の日、怪我人を見たとき、男は根岸だと気がつかなかったのだろうか。

根岸は、帽子をかぶり、雨具のフードをかぶっていただろう。一年前に一度会っただけでは、誰なのか見分けがつかなかったのだろうか。だが、根岸のほうには見覚えがあった。それは、男が青い鈴をザックに吊っていたからだ。

「青い鈴の男は、根岸さんが怪我をした前の日の夜、北穂高小屋に泊まっていないかしら？」

三也子は、男の写真に目を落としている。

「小室さんは、その日の宿泊カードを山小屋から取り寄せるといっていた」

宿泊者全員の人相を確認するのは、刑事の仕事である。

青い鈴の男は、涸沢から北穂へ登って、奥穂のほうへ向かったのか、あるいは槍《やり》ケ《が》岳《たけ》方面からやってきたことも考えられる。いずれにしろ写真の男が誰であるのかを割り出す唯一のデータは、青い鈴だ。

「青い鈴なんて……見たことある？」

三也子は、写真をバッグにしまった。

「ないね。光った鈴を持っている人はいくらでもいるが」

光った鈴を、自分で青く塗ったのだろうか。

根岸が白戸に話したところによると、鈴をザックに吊っていた男は、長身で髭が濃かったという。長身といっても、それがどのぐらいの身長を指しているのかはっきりしない。紫門の身長は一八一センチだ。誰からも、「背が高い」といわれている。髭が濃いというのは、人相のひとつの特徴だ。根岸がそれを白戸にいったということは、鈴の男は際立って濃い髭なのではなかろうか。

根岸の記憶が確かなら、淑子が持っていた写真の男とは違うような気がする。山中で撮った写真では髭の濃さまでは写っていないのか。

紫門は、真夜中に新宿《しんじゅく》を発つ急行で松本へ帰った。

5

捜査本部は、一昨年の九月十六日、青い鈴を持った男が泊まったと思われる山小屋から取り寄せた宿泊カードを見、そこに記入されている、年齢が四十歳前後の男性に絞り、住所の所轄署に、体格と人相の特徴を照会した。淑子が持っていた写真の男に似ていそうだという回答のあった署には、写真を送った。

写真と本人を照合した結果の回答は次々に寄せられたが、すべて別人だった。

一昨年の九月十六日に、鈴の男は、北穂と奥穂を結ぶ登山コースに関係する山小屋に、宿泊しなかったのではないか。露営届を山小屋に提出せず、定められたキャンプ地以外のところで露営した場合、氏名や住所はまったく分からない。

北アルプスには誰でも入山できるが、登山ルールを守ることだけは義務づけられている。第一のルールは、入山届を所定の場所に提出することである。冬山以外の時季に入山届を提出する人は、全体の半分いるだろうか。入山ゲートがあるわけではないから、登山者の補導や救助の関係者も、入山する人をいちいちチェックはしていない。

捜査本部では、写真家の久住保生を臭い人間とみてマークしていたが、不審な面はみられないということで、彼に対する監視を解除した。だが淑子が殺害された夜のアリバイだけは以前として不明である。本人は自宅にいたといい張っているが、隣家の人は、その夜、彼の仕事部屋に電灯がついていなかったといっている。だが、このことは全面的には信用できない。彼がその夜、仕事部屋に入らなかっただけとも思われるし、隣人の記憶違いも考えられる。

警察が彼に疑いの目を向けるには理由がある。

一昨年の初夏だったが、豊科町の農道で勤め帰りの三十二歳の女性が、暗がりに待ち伏せていたらしい男に襲われた。男はレイプが目的だったようだ。男は彼女を草の上に押し倒して馬乗りになろうとしたが、彼女は大声を張り上げた。折りから近くを自転車で通った男の人が、農道からきこえる女性の声に、これも大声で呼び掛けた。男は二人の声に怯《ひる》んで、隠してあった自転車に乗って逃走した。

襲われた女性は、暴漢がどこの誰なのか知らなかったが、彼女の悲鳴に呼応した男の人は、黒い影が写真家の久住によく似ていた、いや、久住にそっくりだったと、警察に話した。

襲われた女性は、数年前に夫を交通事故で失い、一人暮らしだった。彼女の家の近くに久住の知人が住んでいた。その知人から美人の彼女が夫を亡くしたことを、久住はきいていたのではないかと警察はにらんだ。

久住はよく自転車に乗っていた。いつもカメラを首に吊り、三キロや四キロの距離なら自転車で行っていた。農道や小川のほとりで撮影している姿を見ている人は多かった。

警察は久住に、その夜どこでなにをしていたかをきいた。久住はそのときも、自宅で仕事をしていたと答えている。

久住の女好きは松本市の繁華街である通称「裏町」で知られていた。行きつけの三、四軒のスナックで、ホステスを口説いていたし、酒に酔ったふりをしては、彼女らのからだにさわる癖があった。

久住は友人に、変わった写真を見せたことがあった。それは三、四年前だった。民家の庭や窓辺に干してある女性の下着ばかりを望遠レンズで撮っていたのだった。彼の狙いは、白でなく、ピンクや黒や紫だった。彼がこういう物を隠し撮りしていたのを、レイプ未遂事件の捜査中、刑事はきき込んだのだった。

豊科町で、東京からきたハイカーの若い女性が、顔や腹を殴られてレイプされた事件が発生したときも、豊科署は久住の身辺を内偵したものだった。ハイカーのレイプ事件は犯人が検挙され、久住は無関係であったが、類似した事件が発生するたびに、彼はマークされてきている。

6

長野県はもとより、岐阜県と富山県にまたがる北アルプス全域の山小屋に、青い鈴を持った男に心当たりはないかと照会していたが、どこからも有力な情報は入らなかった。

東京から帰った紫門に、三也子は毎晩電話をよこした。

彼女は、土曜日曜を利用して、常駐隊員のころ涸沢で知り合った首都圏の人たちと会い、淑子が持っていた男の写真を見せていた。その結果を報告するのだが、写真を見たうちの二人が、「たしかに涸沢で会ったことのある人」と答えたという。二人のうちの一人は、この男と話したことがあり、「藤」のつく姓だったことを覚えていた。

「藤」のつく姓は多い。紫門が思いつくだけでも、「佐藤」「斉藤」「加藤」「後藤」「近藤」「伊藤」「須藤」「藤田」「藤森」「藤井」「藤岡」「藤沢」「藤島」「藤原」「藤村」「藤本」などがある。

「あなたがいまいった姓なら、わたしも思いついたわ。『藤』のつく名字だったといった人は、もっと変わった姓のような気がするっていうの」

「いま、『有藤』と『藤堂』を思いついたが……」

「その名字も話しているあいだに出たけど、違うみたいなの」

「毎年、七月から八月にかけて涸沢へくる人の中で、『藤』のつく名字を、二軒の山小屋の宿泊カードから引っ張り出してみるか」

「大変な数になるわね」

「変わった名字なら、そう幾人《いくにん》もいないよ」

「藤」がつくと思っていたが、まったく別の姓だったら、無駄骨を折るだけだが、「無駄だと思ってもやってみようじゃないか」と小室がいった日の深夜、三也子が電話をよこした。

「男の写真を見て、名字を覚えていた人に会えたわ」

彼女の声は興奮していた。

「なんという名字?」

「『藤坂《ふじさか》』っていうの。その名を覚えていた人は、紫門一鬼さんのこともよく知っているといったわ。今年も八月に、涸沢であなたに会ったそうよ」

「なんという人？」

「三隅《みすみ》さんといって、六十過ぎの男性なの」

「その人なら知ってるよ。毎年涸沢ヒュッテへ登ってきて、二週間は滞在している。いわゆる『涸沢貴族』といわれている一人だ」

三隅は、涸沢まではやってくるが、穂高には登らない。さんざん登ったから、最近はカールから仰ぐだけである。現在は長年勤めた航空会社の相談役で、悠々自適の日を送っているらしい。横尾から五、六時間かけて涸沢へ登ってくると、天気のいい日は圏内内《カール》をゆっくりと歩き、そこにテントを張っている人たちと会話し、夕方はほかの「貴族」とワインを酌《く》み交わし談笑するのを楽しみにしているのだった。

彼は涸沢に滞在中、日記をつけているという。それには会った人の名を記入した。それで、三也子が見せた写真の男が「藤坂」だと分かったのだという。

三隅は、「藤坂」の住所までは知らなかったと、三也子はいった。

「三隅さんは、藤坂にいつ会ったんだろう？」

「一昨年と去年の二度会ったと、日記を見て話してくれたわ」

三也子は、東京西郊の三隅の自宅を訪ねたのだった。

紫門はすぐにも涸沢ヒュッテへ電話を入れ、藤坂という男について問い合わせしたかった。

翌朝、涸沢ヒュッテへの問い合わせで、藤坂の住所が判明した。ついでに、一昨年の九月十六日、あるいは十七日、藤坂が宿泊したかを見てもらった。が、宿泊該当はなかった。

藤坂は、一昨年と昨年の八月、涸沢ヒュッテに一泊していた。露営だが、激しい雨の日のみ山小屋に入ったことが分かった。

彼の住所は、東京・立川《たちかわ》市だった。昨年の宿泊カードには四十歳と記入している。

紫門は宿泊カードの記入内容をノートに写すと、昼の特急で立川市へ向かった。

藤坂の住所はマンションだった。そこの管理人に、淑子が持っていた写真を見せた。写真は藤坂に間違いないことが分かった。

紫門の胸は躍った。淑子がさがし求めていた男にやっとたどり着けたと思うと、手に汗がにじんだ。

藤坂には、妻と子供が二人いることが分かった。マンションの管理人は、彼の勤務先を教えてくれた。それは新宿に本社のある有名な食品会社だった。

紫門は、食品会社を訪ね、なんといって藤坂のことを尋ねたものかを考えた。彼は警察官ではない。そういう者に人事課が快く応対してくれるかが気になった。

「当たって砕けろだ」

彼はつぶやいて、食品会社の受付に立ち、人事課の人に会いたいといった。受付係の女性は、紫門の職業と用件をきいた。長野県の山岳救助隊員で、その所属は豊科警察署となっている名刺を示した。

人事課へ案内された。山岳救助隊員という職業が珍しいのか、人事課では応接室に通された。

北アルプスで起きた遭難事件に、藤坂が関係しているのではと考え、その確認をさせてもらいたいと理由を述べた。

「どういうことをお知りになりたいのですか？」

四十歳ぐらいの係長はきいた。

一昨年の九月十七日と今年の十月十四日、藤坂が出勤しているかどうかを調べてもらいたいと頼んだ。

「藤坂が会社を休んで、北アルプスに登っているのではないかとおっしゃるのですね？」

係長は紫門の用件を呑み込んだ。

そのとおりだと答えると、係長は書類を見に行った。

五、六分後に応接室に戻った係長の返事は意外だった。

紫門がきいた両日とも、藤坂は平常どおり出勤していたというのだ。淑子が殺害されたのは、午後八時半ごろだ。勤務が終わってからでも事件現場に駆けつけられないことはない。紫門は十月十五日はどうだったかをきいた。が、藤坂はやはり出勤していた。

社内に藤坂と山行をともにした人がいないだろうかと、係長にきいた。

係長はさがしてみるといって、また応接室を出て行った。

今度は十五分ばかり待たされた。係長が戻るとすぐに、三十半ばの男が二人やってきた。藤坂とともに山へ登ったことのある同僚だった。二人とも入社してから藤坂の影響を受けて登山をするようになったといった。

紫門が知りたかったのは、藤坂が青い鈴を持って山に登るかということだった。

「青い鈴ですか？」

二人の男は顔を見合わせた。鈴など見たことがないというのだ。

「藤坂さんの身長はどのぐらいでしょうか？」

「一七二、三センチといったところです」

それなら長身というほどではない。髭が濃いほうかをきくと、目立つほどではないと、二人は口をそろえて答えた。

紫門は、藤坂のことを問い合わせにきたことは、本人に伝えないでもらいたいと頼んだ。

食品会社を出ると、三也子からきいた三隅の自宅へ電話した。三隅は航空会社へ出社していると家人に教えられた。

航空会社の本社は東京駅に近かった。

白髪の三隅は、紫門を自分の執務室に通した。

「紫門さんと東京で会えるとは思いませんでした」

三隅はワイシャツ姿で、紫門にソファを勧めた。

藤坂に二度会ったというが、彼は青い鈴を持っていたかときいた。

「気がつきませんでした。鈴をつけている登山者はいますが、青い鈴というのは珍しいですね」

「ぼくも見たことがありません」

紫門はそういってから、長身で髭の濃い男に心当たりはないかときいた。

「背が高いとか、髭が濃いというのは、それほど目立つ特徴ではありませんね。紫門さんも長身ですが、とび抜けて背が高いほうではない」

紫門の興奮はすっかり冷めた。淑子が持っていた写真の男は藤坂に間違いなかったが、一昨年の秋、根岸が涸沢岳の南側で会った男とは別人のようだ。

紫門は三隅にきかれて、青い鈴を持っている男をなぜさがしているかを話した。

「殺された女性が、藤坂という男の写真を持っていた……。その女性と藤坂は、なにかで関係があるんじゃないでしょうか」

三隅は、首を傾げていった。

紫門は三隅に夕食を誘われたが、もう一人に会うことになっているので、といって断わった。三隅は紫門と、ワインでも飲みながら山の話をしたいらしかった。

さっき訪ねた食品会社へ電話して、藤坂を呼んだ。五、六分前に帰ったといわれた。ふたたび立川へ向かった。駅前から藤坂の自宅に電話した。彼は帰宅していた。

「北アルプス山岳救助隊の紫門という者です」

「山岳救助隊の方……」

藤坂は受話器を握って、なんの用事かを考えているようだった。

ぜひとも会いたいというと、「自宅でよかったらどうぞ」といった。

藤坂と家族が夕食を摂っているだろうから、三十分後に訪ねることにした。紫門も簡単に食事をすませた。

藤坂は、優しげな目をしたハンサムだった。顔も手も陽焼けしていなかった。紫門を見て、どこかで会ったような気がするといった。会ったとしたら夏の涸沢だろうが、紫門は藤坂に見覚えがない。

山での事故が原因で亡くなった人のことを調べているのだと、紫門は切り出した。

「藤坂さんは、青い鈴をお持ちですか？」

「青い鈴……。いいえ。私は鈴なんか持っていません」

「青い鈴を持っている人を知りませんか？」

「さあ」

知らないという。

細君が丁寧な物腰でお茶を運んできた。

「藤坂さんは、根岸正継さんをご存じでしたか？」

その質問にも藤坂は首を横に振った。淑子についてもきいたが、きいたこともない名前だと答えた。

「これはあなたですね？」

紫門はバッグから写真を二枚出した。

「たしかに私です。紫門さんがなぜ私の写真を？」

当然の質問だ。紫門が同じ立場だったら、薄気味悪さを感じただろう。

「十月十四日の夜、穂高駅近くの農道で、女性が絞殺された事件をご存じですか？」

「知っています。二、三日前の新聞にも、捜査は難航していると出ていました」

「その事件の被害者が根岸淑子さんで、彼女はデイパックにこの写真を入れていました」

「えっ、なんですって……」

「警察も、この写真の方がだれかを調べています」

「根岸淑子さんという人が、どうして私の写真を持っていたんでしょうか？」

「ぼくの想像ですが、三年前の九月、あなたは淑子さんの夫の正継さんに横尾山荘か、涸沢に登る途中でお会いになっているはずです。正継さんは、よく登山者を撮っていましたから、あなたにレンズを向けたのだと思います」

「山ではそういうことはあるでしょうが、根岸さんという人が撮った私の写真を、なぜ奥さんが持っていたんでしょうか？」

藤坂は不安そうな目をしてきいた。

根岸は、三年前の山行で撮った藤坂の写真を二枚、アルバムに貼っておいた。次の年の秋、根岸は涸沢岳を南に越えたところで、足をひねって歩けなくなった。折りからの雨を少しでも避けられるところへ避難しようとしていたら、鈴の音が近づいてきた。その音をきいて、彼は助かったと思った。岩の上に現われた男がつけている鈴は青かった。根岸には男にも鈴にも見覚えがあった。

根岸は、避難できる場所まで連れて行ってくれないかと、鈴の男に頼んだ。が、男は、自分も疲れているといって、その場を立ち去ってしまった。

彼は次の日に救助され、松本市内の病院に収容されたが、その容態はきわめて悪かった。医師は彼の妻淑子に、「もう少し早く救助されていたら、こんなにはならなかった」といった。

淑子の連絡で、友人の白戸が病院へ駆けつけた。根岸は白戸に、雨の岩稜で会った青い鈴をつけた男のことを話した。あの男が手を貸してくれていたら、こんな姿にならなかったろうと話した。

ベッドに付き添って白戸とともに根岸の話をきいていた淑子は、青い鈴の男をさがし出す気になったものと思われる。夫が亡くなったあと、その話を思い返し、アルバムをめくった。そこに藤坂の写真が二枚あった。夫は、青い鈴の男は、「背が高くて髭が濃かった」といったが、そういう男の写真はアルバムになかった。彼女は、その容姿に近い藤坂を青い鈴の男と思い込んだ。それで彼の写真を二枚持ち、上高地周辺で出会えるのを待った。たびたび山をやっている男なら、かならず現われると信じ、春から秋にかけて、北アルプスの登山基地に立った――と、紫門は想像を話した。

「私は、淑子さんという人に、青い鈴の男と思い込まれた……」

藤坂は天井を仰いだ。

「ぼくは白戸さんから、根岸さんが病床で語った話をきいたとき、淑子さんが持っていた写真の人と青い鈴の男は、別人ではないかと感じました。でも、あなたをさがさないわけにはいきません。それで、友人の手を借りて、山をやる大勢の人にあなたの写真を見てもらったんです」

紫門の言葉に、藤坂はうなずいた。

「妙な気分ですが、根岸さんと淑子さんのお位牌に、花を供えさせてもらいたいですね」

「ぜひそうしてあげてください」

紫門は、金村夫婦の住所と電話番号を書いて、藤坂に渡した。

捜査本部は、淑子がなんらかの方法で、青い鈴を持った男に出会ったのではないかとみて、あらためて北ア、南ア、中央アなどの山小屋に心当たりの登山者を照会した。

このころから山小屋は今年の営業を終え、関係者は小屋閉めして里に下った。

十一月五日、穂高、槍などの北アルプス南部の山小屋も閉じた。上高地のホテルも冬期休業の戸締まりをして、長い眠りにつくことになった。

いまも刑事は、淑子が殺された現場付近のきき込みをしている。事件に遭う前の彼女を見掛けた人をさがしているのだが、目撃者はまったく出てこなかった。そのことから彼女は、日が暮れてから穂高町へやってきたのではないかと推測されている。

青い鈴を持った男についての情報も入ってこなかった。

捜査本部では捜査員の数を減らした。事件は未解決のまま年を越すことになった。

三章　餓鬼岳《がきだけ》山行

1

酷寒の二月四日の夕方、大町《おおまち》署から豊科署に、応援の救助隊員を出してほしいという要請があった。

たったいま、下山してきた三人パーティーが、餓鬼岳小屋のすぐ近くで遭難者を発見した。遭難者は男で一人だった。すでに死亡しているもよう。

三人パーティーは餓鬼岳（二六四七メートル）に登るつもりだったが、山頂手前に建つ山小屋の近くで、雪だるまのようになった人を発見した。近づいてみると男だったが、まったく動かない。それで三人は登頂を断念して駆けるように下り、大町署に通報した。

その通報を受ける一時間ほど前から雪が激しくなった。山岳地は吹雪《ふぶき》だろう。天気予報だと、山の吹雪は二、三日つづきそうだ。したがってヘリコプターでの救助や収容は不可能だから、歩いて現場に向かいたい。登れる隊員がいるかときかれた。

豊科署に所属している救助隊は、さいわいなことに手がすいていた。

小室主任は、大町署の要請をきいて、紫門と及川を指名し、餓鬼岳に登った経験があるかをきいた。紫門は燕岳《つばくろだけ》方面から、及川は大町方面から白沢《しらさわ》沿いに登ったことがあったと答えた。

あすの朝、吹雪がひどい場合は、二重遭難の危険があるため、救助活動は順延となるが、きょうじゅうに大町署へ着いて、指示にしたがってくれといわれた。

二人は、登山装備を車に積むと、雪が横に降る夜道を大町署へと走った。

「山小屋のすぐ近くで遭難とは、どうしたのかな？」

ハンドルを握った及川がいった。激しい吹雪で小屋が見えなかったのだろうか。


夜は明けきっていなかった。雪の降り方が弱くなっていた。大町署からは八人が出て、十人編成で白沢登山口へ向かった。

大町署に所属する山岳救助隊は、四日前に鹿島槍《かしまやり》で発生した遭難救助に隊員を取られて手薄になっていたのである。隊員は下山したが疲労していて、すぐには出動できなかったのだ。

沢筋を遡《さかのぼ》って大凪山《おおなぎやま》を経て行くが、餓鬼岳小屋までは無雪期で約七時間を要する。沢筋がせまくなり、雪が深くなった。このぶんだと、途中で露営することになりそうだ。

沢の右岸に取りついて振り返ると、小雪をとおして白い峡谷が見下ろせた。無雪期だと、沢を高巻きするが、いまはその必要がなかった。ここの秋の紅葉はすばらしいと、及川が紫門のうしろでいった。

渓流が凍っていた。滝は何本もの白い氷柱《つらら》を下げていた。風が弱くて助かった。隊員が足を運ぶたびに雪が斜面を流れた。

大凪山の登りでは左手に崩壊地を眺めた。そこにも雪が貼りついて、白い壁をつくっている。夏はガレ場に清水が湧き、喉をうるおすことができるという。

すでに午後二時だった。

コメツガの樹林帯に入って、そこをきょうの露営地にした。

テント設営が始まった。大町署の若い隊員が、「こんな寒さは初めてだ」といった。それをきいた主任が、「ヒマラヤはこんなもんじゃないぞ」と大声を出した。若い隊員は来年十月、ヒマラヤ登山に挑むことになっているという。

雪山は暗いまま暮れた。

次の朝も雪は断続的に激しく降った。通称「百曲がり」といわれているジグザグコースだが、これは無雪期のことで、雪の積もったいまはほとんど直登である。そのぶん登りはキツいが、たちまち高度をかせぐことができた。

雪が小やみになると、急に陽が差したように山が明るくなった。餓鬼岳の黒い容《すがた》がうっすらと見えた。その直下に、過疎集落に残された民家のような山小屋が現われた。小さな山小屋は森林を背負っていた。

山小屋の手前に白いケルンのようなものが見えた。近づくと、それが遭難者だった。防寒衣のフードをかぶった遭難者は、大型ザックを抱くようにしてすわり、凍っていた。全員が死者に対して合掌した。

主任がフードに積もった雪をそっと払った。遭難者を発見したパーティーの通報どおり男だった。蒼黒《あおぐろ》い顔に髭が生えていた。髭は顎を縁取っている。

主任がフードをはずした。髪を逆立てた顔が現われた。その顔を見たとたんに、紫門は声を上げた。

「久住さんだ」

「えっ？」

及川が遺体の前にしゃがんだ。

「たしかに久住さんだ」

「紫門君と及川君は、この男を知っているのか？」

主任がきいた。

「写真家の久住保生さんです」

紫門が答えた。

「きいたことのある名前だ」

「松本に住んでいて、地元では名前を知られています。山岳写真が得意です」

久住は、豊科署の捜査本部からマークされていた。写真展に展示する作品のために、殺された根岸淑子を三度も撮っていた。彼は淑子をどこのなんという名の人か知らなかったが、憂い顔と悄然《しょうぜん》とした姿が強く印象に残ったといって、作品にした。彼が三度も彼女に出会っていたことから、捜査本部は偶然ではないのではないかとみて、彼の行動を一時、監視していた。淑子が殺された夜のアリバイも曖昧だった。彼を疑うことについては下地があった。前に婦女暴行未遂の疑いがかけられたことがあったからだし、女性に対して偏《かたよ》った執着を持っている男だったからである。

紫門と及川は、槍や穂高の山岳パトロール中、カメラを背負った久住に出会っていたし、彼の被写体になったこともある。

「単独行だったんだろうな」

主任はいって、防寒衣の胸のファスナーとボタンをはずした。紫門と及川が知っている男だといったが、なお身元を確認するために、ポケットをさぐるのだった。

厚い山シャツの胸ポケットに、山岳写真の会「秀峰《しゅうほう》」の会員証と、名刺が十枚入っていた。ザックの中には、予備のセーター、食糧、コンロ、燃料などがあり、その上にカメラケースが重ねられていた。ツェルトと三脚が結わえつけてあった。彼の靴にはアイゼンが装着されていた。すぐ近くにピッケルが雪に突き刺さっていた。冬山装備は完全だった。

「なぜ、こんなところで死んだんだろうな？」

主任が、遺体をシートにくるむ隊員の作業を見ていった。

ここまでたどり着いたが、猛吹雪に遭い、力尽きたということなのか。しかし、山小屋は三〇メートルの距離である。もしも猛吹雪にみまわれ、テントを張れない状態だったら、山小屋を破って緊急避難したはずである。山登りのベテランの久住なら、気象条件によっての対処は充分心得ていただろう。

背負っているカメラからみて、彼は厳冬期の山を撮るために登ってきたのだろう。晴れれば、餓鬼岳山頂から東方脚下に安曇野を見下ろすことができる。北から南に後立山連峰、そして烏帽子《えぼし》から槍ヶ岳。南には、屛風のようにそびえる剣《けん》ズリの岩場、燕、大天井《おてんしょう》、槍、穂高連峰の折り重なりの眺望がある。

山岳写真家は、小庭園のように美しくコマクサの咲く夏ばかりは撮っていられない。身の毛のよだつような冬の岩峰や、氷の貼りついた大岩壁も撮らなくてはならないだろう。久住がこの時季の餓鬼岳を選んだのは、唐松竹《からまつだけ》の高瀬渓谷《たかせけいこく》側にある絶壁の幕岩か、剣ズリの難所を撮るためではなかったか。一般登山者を寄せつけない時季の写真を提供するのも、山岳写真家の仕事である。

紫門は山岳写真集を何冊か持っている。その中に撮影時が一月とか二月というのがある。氷雪がささくれだっている岩場や滝を見て、身震いする。重い機材を背負って登り、危険な場所で撮影するカメラマンの姿を想像して、背筋が寒くなることもしばしばだ。

久住の遺体は大町署に運び下ろされ、検視を受け、家族と対面した。

彼は山小屋を目前にして、怪我をするか発病したのではないかとみられ、死因を検《しら》べるため、ヘリで松本市内の大学の解剖室へ運ばれた。

解剖結果は翌日発表された。

久住の直接の死因は凍死だった。死亡したのは、三人パーティーに発見された日の朝と推定された。朝食を摂って二、三時間経過という。

彼は左手首を骨折していた。ほかにすり傷が数カ所あった。

大町署は、手首の骨折の痛みと寒気からくる衰弱で、動けなくなったことによる事故死と断定した。

紫門は、久住がなぜ手首を折ったのかを考えた。動けなくなるほどの負傷でもないのに、どうしてザックを抱いてじっとしていたのかも納得できなかった。右手しか利かなくても、ツェルトは張れたのではないか。

ツェルトを張って、その中で天候の回復を待つことができたような気がする。山小屋を破って避難しないまでも、山小屋の陰にツェルトを張れば、風だけは避けることができたのだ。それもせず、山小屋の三〇メートル手前でザックを抱えてすわったまま死亡していたというのはおかしい。

彼は登山者の目につきやすい場所で、誰かが通りかかるのをじっと待っていたかのようである。夏場なら登山者がやってくるのを期待できるが、ただでさえ登山者の少ない山に、まして厳冬期に誰かを待っていたとはとても思えない。

紫門は気づいたことがあって、久住の自宅へ妻に会いに行った。久住の葬儀はすでにすんでいた。

紫門は、久住の遺影に焼香して手を合わせた。

「奥さんは、久住さんのザックを点検なさいましたか？」

紫門は、お茶を出した妻にきいた。

「仕事部屋へ置いたまま、まだ手をつけていません」

「それを見せていただけませんか？」

「なにか？」

妻は眉間に皺を立てた。

紫門は、山登りのベテランの久住が、吹雪の中でじっと死を待つような恰好ですわっていたのが納得できないと話した。

「わたしも、大町署の方から伺って、なぜ避難しなかったのか不思議に思いました」

久住は手に怪我をしただけでなく、動けなくなる原因があったのではないか。荷物を見れば、その原因のようなものが分かるのではないかと思うと話した。

妻は、紫門が前に訪ねたときと同じように、久住の仕事部屋へ案内した。

そこは母屋よりもずっとあとに建て増ししたらしく、十畳ぐらいの広さの部屋が庭に突き出ている。二方が窓になっていて、隣家との間隔は三、四〇センチぐらいだった。これなら隣家の人が久住がこの部屋にいるかどうかを知ることができるはずだと思った。

2

久住のザックは赤と紺色のコンビだった。雨蓋を開けるといちばん上がソフトケースに入ったカメラだった。

カメラは二台入っていた。一台のフィルム齣数《こま》は「32」となっていた。装塡《そうてん》したフィルムを三十一齣撮ったことを示していた。もう一台のほうにもフィルムが入っていて、これの齣数は「20」だった。

未使用のフィルムは十六本入っていた。そのうち使用したフィルムは一本もなかった。久住は十八本フィルムを持って登ったようだ。未使用のうち四本はモノクロだった。

紫門は久住の妻に、カメラに入っているフィルムを現像に出してよいかときいた。彼女はうなずいた。ネガを返してくれればよいという。

彼はフィルムを巻き戻そうとしてボタンを押したが、動かなかった。窓の外にレンズを向けてシャッターボタンを押した。が、ボタンは下りなかった。フィルム巻き上げレバーに指を掛けたが動かない。

もう一台のやや小型のカメラを同じように操作した。このほうはフィルムを巻き戻すことができた。フィルムを取り出すとモノクロが入っていた。フィルムを取り出して、シャッターボタンを押した。切れのいい音がした。

先のカメラにはカラーフィルムが装塡されているのではなかろうか。シャッターボタンもレバーも動かないほうはカメラごと借りることにした。

手にずしりとくるかなり使い込んだカメラのようである。

久住は入山した次の日に死亡したことが分かっている。登りながら二台のカメラを使ったのだろう。

紫門は借りたカメラと、フィルムを一本持って、松本市内のカメラ店へ行った。そのカメラ店は修理も受けている。

メガネをかけたカメラ店の主人は、紫門の持ち込んだカメラを手に取ると、全体を見つめてから、巻き上げレバーに指を掛けた。

「カメラを落としましたね？」

ときいた。

紫門は他人の物だといった。

主人は、二、三日あずけてくれ、その間に故障個所を修理しておくし、現像とプリントもしておくといった。

紫門は、カメラ店の主人の言葉を頭に再生した。レバーもボタンも動かないのは、カメラを落としたからだろうといった。強い衝撃を与えたために、故障したらしい。

久住は山中での撮影中、過ってカメラを岩の上にでも落としたのだろうか。いや、プロのカメラマンがそんなヘマをするわけがない。どのような条件下でも、機材の取り扱いには細心の注意を払っているものだ。

カメラを首に吊ったまま転倒したのだろうか。それならレンズを傷めていそうだが、ケースの中にあった四本のレンズに異状はないように見えた。

帰宅すると彼は、三也子に電話で久住のカメラの故障のことを話した。

「撮影中に、一台のカメラを落としてしまったんじゃないかしら？」

カメラマンとしてあるまじきことだがと、三也子は前置きしていった。

「手首の怪我をどう思う?」

「落としたカメラを拾いに行って、折ったんじゃない?」

「あるいは、転んで骨折した。そのときカメラを固いところへぶつけたのかな?」

「カメラは、ザックの中のケースに収まっていたといったわね?」

「そう」

「ザックごと急斜面に落としたということも……」

「初心者じゃあるまいし、ザックを転がり落ちるような場所に置いたりはしないよ」

「そうよね。稜線や斜面で荷物を下ろすときは、注意を払うものね」

夏山なら、もしザックを谷に落としたとしても、山小屋へたどり着けば生命にかかわることはない。だが冬山はそうはいかない。山小屋は閉鎖されている。樹林帯か、風を避けられる岩陰などに避難できたとしても、寒さを防ぐことができない。ザックを失った瞬間、その登山者は山の神に死を宣告されたも同然だ。

久住のような山登りのベテランが、不用意にザックを急斜面に置くことは考えられないし、写真家が生命の次に大事なカメラを落とすことも想像の外である。

「他人の力がはたらいたとしたら、どうだろう?」

「久住さんは、誰かと一緒だったというの?」

「当初から誰かと一緒に登ったんじゃなくて、死亡していた場所の近くで、誰かと会ったとか、あるいは、誰かに尾《つ》けられていたとか？」

「尾けられていたとしたら、殺意を持たれていたということね？」

「彼は素行に問題のあった男だ。本人は気づいていなかったが、彼を恨んでいた人間がいたんじゃないだろうか？」

「あなたの得意な想像ね」

だが、それが当たっていたことが何度もある。警察が事故死として処理したケースを、紫門が疑いを持って調べたら、じつは他殺だったという事実が浮かび上がった例があった。以来、豊科署の小室主任はもとより、刑事課でも彼の勘に一目置き、調査能力を信用している。


三日後、久住のカメラの修理は終わっていた。カメラ店の主人は、カメラをどこかにぶつけたか落としたものにちがいない。そのショックのため、フィルムの巻き上げレバーが歪《ゆが》んでしまったのだといった。

しかしカメラには、固い物にぶつけたような傷はなかった。三也子がいったように、カメラを入れたザックを高いところから落としたのではないか。それとも重いザックを背負った久住が、足を滑らせて転落した。その衝撃で、ケースに収まっていたカメラが故障したということだろうか。

それにしても、久住が山小屋の手前で、ザックを抱く恰好をして死んでいたことが納得できない。

紫門は、二台のカメラに入っていたフィルムのプリントを受け取った。それを持って、松本駅近くの喫茶店に入った。写真家が撮ったプリントを、誰よりも先に目にするのは初めての経験だ。彼は他人の秘密をそっとのぞくような気分にもなったし、プロのコツを盗むような思いもした。

暗い樹林を雪の条《すじ》が斜めに切っていた。モノクロ写真である。ケモノの棲《す》むような夜の林の一本の樹木に光を当てたようなのがあった。シャッタースピードが遅いせいか、雪は白いペンで描いたような条になっていた。

カラーのほうは、おもに凍った沢と凍った滝を撮っていた。沢や滝の位置からいって、入山した二月三日に撮影したものだろう。白い斜面を小動物が走った足跡が連なっている齣が六枚あった。雪面の突起に積もった粉雪が、強い風に舞い上がった瞬間をとらえていた。

プリントを見ただけで、紫門はプロの感性と熟練した腕前に圧倒された。

彼は、手にしているカメラにフィルムを装塡して、山に入って雪の風景を撮りたい誘惑にかられた。

「紫門さん」

背後から男の声が掛かった。

振り向くと、信濃日日新聞の深町《ふかまち》記者だった。

深町は、北アルプスの山岳遭難をたびたび取材している。山岳救助隊の活動を写真入りで記事にしたこともあり、紫門は彼から山岳救助隊に入るまでの経歴をきかれたこともあった。かつて三也子の涸沢での活動ぶりが、深町の記事によって紹介されたこともある。三也子が初心者らしい女性登山者と、微笑を浮かべて話している写真の顔が気に入り、紫門は自分の部屋の机に飾っている。深町からもらった写真だった。

深町は、この店で人に会っていたが、用事がすんだといって、紫門の正面に腰を下ろした。

「紫門さんが撮った写真ですか？」

深町は人と会いながら、さっきから紫門の姿を後方で見ていたのだという。

「じつは、久住さんが撮ったものです」

「久住さんが……。いつのですか？」

「彼の最後の写真です」

紫門は、二台のカメラに収まっていたフィルムを、現像したことを話した。

「それは記念すべき作品です。写真家が撮影現場で死亡したというのは、作家が執筆中に、画家が制作中に倒れたのと同じです。見せてください」

写真を手にした深町は、「いい写真だ」とか、「これはすごい」といいながら見ていた。

彼がこの中で最高だといったのは、雪面に直線的に連なっている小動物の足跡の一齣だった。降雪の中に足跡が見えるのだから、小動物が走り去ったすぐあと、写真家はそこへ立つことができたということである。

紫門が最高の出来ばえだと思ったのは、モノクロで幽暗の樹林を撮ったものだった。見る人によって受け取る印象が大きく異なることをあらためて感じた。

「紫門さんは、久住さんと親しくしていたんですか？」

写真を見終わると、深町はきいた。

「親しかったわけではありません。何度か会っていたという程度ですが、彼の遺体収容にたずさわった者として、最後の作品には興味がありましたから」

久住の妻の了解を得ることができたので、カメラに入っているフィルムを現像できたと話した。

それと、紫門は久住の遭難に疑問を抱いていることを打ち明けた。

新聞記者の瞳が輝きを増した。深町も登山経験を積んでいる男である。

「いくら疲れていたとしても、雪で視界が悪くても、ザックを高いところから過って落とすことは考えられませんね。紫門さんは、どうして久住さんのカメラが故障したと思いますか？」

「このとおり、カメラには傷がついていません。だからカメラを入れたザックごと落としてしまったものと思いますが、彼の不注意だったろうかと考えているんです」

「彼の不注意でなかったら？」

「他人によって、ザックを落とされたんじゃないでしょうか？」

「えっ。誰かが、久住さんのザックを谷に放り込んだとでも？」

「あるいはと思っています」

「ザックが失くなったら、生命を奪われたも同然です」

「加害者は、それを狙ったんじゃないでしょうか？」

深町は、額に手を当てて考えていたが、

「ザックだけでなく、久住さんも突き落とされたということも？」

「考えられます。登っているところを、ふいに突き落とされたことも」

「それで、手首を折り、一台のカメラが衝撃で動かなくなった。……しかし彼は、登山者の目のつくところにすわり込んでいた。どうしてでしょうか？」

「重いザックを背負って、這い登ってきたところで、力尽きたんじゃないでしょうか？」

「なるほど。それでザックを抱えるようにしてすわり込んでいたんですね」

紫門の想像は的を射ていそうだと、深町はいった。

深町は、宙を泳ぐものを見ているような目をしていたが、思い出したといって久住に関する話をし始めた。

3

——それは昨年の初夏だった。

奥穂と天狗《てんぐ》のコル間の岩稜で、男の登山者が頭に落石を受け、転落して死亡した。落石に当たった男の上部に、女性の二人連れがいたことが近くにいた登山者に目撃されていた。

のちに二人連れの女性は母親だったことが判明した。母娘は、稜線で浮き石を踏んで落石を発生させた。にもかかわらず、怪我人を助けようともしないで下山してしまった——。

「その事故なら覚えています。ぼくらはそのとき上高地にいて、怪我人の救助要請の連絡を受けたんです」

紫門はいった。たしか六月で、初夏とは思えないぐらい暑い日だった。

落石を受けて転落したのは若い男だった。稜線で休んでいて、持ち物を落とした。

それを拾うために信州側の急斜面を下りた。拾って登り始めたところで、降ってきた落石に当たったという事故だった。

紫門らの救助隊が現場に到着したときには、怪我人はすでに死亡していた。運び下ろした遺体の検視は、上高地の森林の中で行なわれた。

「その事故について、あとで問題が起きましたね？」

紫門はいった。

「母娘が起こした落石を目撃した登山者の一人が、当時上高地にいた新聞記者に、状況を詳しく話し、怪我人を見捨てて、逃げるように下山してしまったことを、激しい調子で糾弾しました。うちの新聞もそうでしたが、他紙もその談話を載せ、識者の意見とともに、かなり大きく扱いました」

これを見た警察は放っておけない。女性の二人連れを、山小屋の宿泊カードから割り出した。すると母娘だったことが分かった。

警察は母娘を訪ねて、事情をきいた。すると母親はこう答えた。

落石は自分たちの不注意で発生したものではない。たまたま自分たちが近くにいたことは確かだが、目撃者がいうように、浮き石を踏みはずしたものではない。

目撃者は、自分たちが怪我人を救助しようともしないで、現場を立ち去ったというが、ほかに何人か登山者がいたので、その人たちが山小屋に通報するものと思い、下山した。自分たちが落石を発生させたのだったら、怪我人を助けに下ったし、近くにいた登山者に協力を求めた。また警察にも出頭して事情を話したし、死亡した人の関係者に謝罪をし、最善の方法をとった、と話した。

現場での目撃談にも、母親のいい分にも証拠はなかった。警察では、故意による落石ではないと判断し、事故として処理した。

松本市に支局を持つ中央紙は、「母娘は、自分たちが落石を起こしたのでなくても、事故現場に最も近いところにいた登山者なのだから、ただちに近くにいた登山者に知らせ、最寄りの山小屋へ走ってもらうべきだった。このさい、自分たちが落石を発生させたとか、そうでなかったというのは、問題外のことで、事故が起きたら、救う、知らせるというのは、どんな場所においてもそれは基本であり、人間としてのモラルの問題だ」という論旨の記事を大きく載せた。最近の登山者のモラル低下について、いくつかの例を挙げた。

この記事については読者からの反響があり、登山中に苦い経験をしたという投書が、紙上でいくつも紹介された。

だがその問題の火勢はおとろえなかった。いや、写真家の久住が火に油を注いだ恰好になったのだった。

「中央紙が、読者の投書を紙上で紹介した何日かあとだったと思いますが、久住さんがご自分で撮ったという写真を何枚か持って、うちの社へ見えたんです」

　深町はいって、タバコをくわえた。

「写真を何枚も持ってきたんですか？」

「落石事故の現場を撮ったものです」

「たしか久住さんは、現場近くにいたんでしたね？」

「一〇〇メートルほど離れた奥穂側にいて、ズームレンズを使って、登山者を撮っていたんです」

「怪我人をとらえている場面もありましたか？」

　新聞には写真が二枚載っていたのを紫門は記憶している。

「急な斜面を下りているらしい二人連れの女性を撮っていましたし、その下のほうには怪我人が入っていました」

　怪我人のすぐ近くに、女性が二人いる場面もあったという。

「久住さんは、当然おたくの社で、写真を説明したでしょうね？」

「しています」

　久住はこう語っていたという。「女性の二人連れは、落石を受けた怪我人を見て、すぐに急斜面を下った。つまり救助に向かった。怪我人に手を差し伸べようとしたが、自分たちではどうにもならないと判断して、現場を離れたのだ」と。

そういわれて写真を見ると、彼の説明がいちいち合っているようだった。

久住はなおもいった。「目撃者の男は、落石を発生させた二人の女性は、怪我人に見向きもしないで立ち去ったようなことをいっているが、その話は正確でない。この写真が真相だ」と。

信濃日日新聞は、今度は久住の談話を取り上げ、彼が持ち込んだ写真も掲載した。

この記事を読んだ先の目撃者は、「久住というカメラマンは、事故発生の瞬間を見ていない」と反論の投書を新聞社に送りつけた。

その後、某評論家はある雑誌で、山岳地という特殊な状況での目撃談を信用して載せた、報道のあり方を批判した。

「その後、どうなりましたか?」

紫門はきいた。

「久住さんのレンズは、たしかに母娘をはっきりとらえていますし、彼の説明どおり、二人は怪我人の救助に下っているようです。先の目撃者は、稜線上から下をのぞいての話をしているまでです。現場を立ち去った母親を見ている前に、彼が最寄りの山小屋へ走るべきではなかったかという批判もありました。日数が経過するうち、その問題も色褪《いろあ》せ、話題にならなくなりました」

「深町さんは、久住さんの写真と話を信用しまか?」

「写真は、母娘がそろって急斜面を下りるところから始まって、怪我人のすぐ近くに立っているところまででした。目撃者の反論のように、久住さんは落石発生の瞬間は見ていなかったんでしょうね。女性二人が、急な岩の斜面を下りているのに気がついたので、レンズを向けたようです。怪我人に近寄ったけど、自分たちではどうにもならないとみて、現場を離れるというのは、彼の主観です。説明を受ければ、そう見えなくはないということです」

「久住さんは、なぜ事故発生の直後に、おたくの社を訪ねなかったんでしょうか？」

「女性が救助に向かっているのを、目撃者が見ていないのを新聞記事で知ったからで、それでは事実でないと思ったし、二人の女性はたった一人の目撃者にやられっ放しで気の毒な気がしたからだということでした。うちの社では、あとで報道のあり方を反省しました。評論家が雑誌に書いているように、初めの目撃者の談話を信用して載せ、反論が出ると、今度はそれを載せる。これではどれが真実か分からないし、主体性に欠けています。山岳地での一瞬の出来事でしたから、全面的に目撃者の話を取り上げる記事にしないほうがよかったんですよね。母娘を傷つけたことを反省していますよ」

「でも、久住さんの写真と談話で、その母娘は救われたんじゃないでしょうか？」

「久住さんがいわれたように、たった一人の目撃者に、やられっ放しという結果にならなかったのはたしかです」

紫門は、目撃者の批判の標的になった母娘と目撃者の名を覚えているかを、深町にきいた。

深町は社に電話してきいてみるといって、椅子を立った。

「分かりました。目撃者は、河野堅司《こうのけんじ》といって、住所は東京の江戸川区《えどがわ》です。母娘は、島崎和歌子《しまざきわかこ》と佐織《さおり》で、住所は東京の世田谷区《せたがや》です」

紫門は、深町からメモを受け取った。

新聞記者は、落石事故の真相を調べるのかときいたが、紫門は曖昧な答え方をした。

4

紫門は、修理したカメラとプリントを持って、久住の家を訪ねた。

妻が、玄関の戸を開けた。線香の匂いがした。

紫門は、きょうも久住の遺影に焼香した。

妻にカメラを返し、写真を見たことを断わった。彼女は黙ってカメラと写真を受け取ると、料金をきいた。彼は首を横に振ってから、去年の六月、奥穂の近くで発生した落石事故を、久住は撮影しているらしいが、その写真を見せてもらえないだろうかときいた。

「主人が撮ったものは財産です。わたしの手でゆっくり整理したいと思っています。整理が落ち着きましたらご連絡をさせていただきますので、それまでは」

きょうの彼女は、硬い表情だった。夫を失ったことの実感が、ようやく身にこたえ始めたのだろうか。

電話が鳴った。

「ではこれで……」

彼女は一礼すると背中を見せた。

紫門は上京することにした。登山経験を積んだ久住が、白いケルンのようなかたちになって死んでいた姿が目の裡から離れなかった。

紫門は、自分が真冬の山で左手首だけを骨折したとしたら、どうするかを考えた。

山小屋は三〇メートルのところにある。たとえ足に怪我をしたとしても、彼はピッケルを突いて山小屋まで行き、他人の所有物であり無許可ではあるが、ピッケルで小屋の戸締まりを叩き破る。次にザックを引きずってきて小屋の中に入り込む。

まず火を焚き、食べ物を温める。それから折れた手首に副木《そえぎ》を当てて固定する。

小屋は冬期間、電話が通じないから、里との通信手段がない。穂高か槍なら、真冬でも登山者がやってくるが、ただでさえ登ってくる者の少ない餓鬼岳では、人を待ってはいられない。だから食べ物をしっかり摂って体力をつけ、天候が回復したら、荷物を軽くして山を下る。これしか方法がないだろう。

久住も、もしも山中で動けなくなったらどうするかを考えていたはずだ。過去の山行で、遭難寸前を経験しているかもしれない。いざとなったとき、その経験を活かし、できるだけ体力を消耗させないことを考えただろう。それには暖を取ることだ。それと食事を摂り、衰弱を防ぐことである。怪我をしたら、天候の悪い日は絶対に行動しない。下山予定が何日も遅れた場合、家族から捜索願が出、それによって救助隊が出動する。もしも動けなかったら、それを待つしかないが、その場合は救助隊の目につきやすい場所にいるのが肝心である。それには山小屋は最適だ。

久住は、山小屋に入らず凍っていた。彼が動けなかったのは、山小屋を目前にして、体力が尽きてしまったからにちがいない。

彼は谷に転落した。這い上がったところで、気力も体力も尽きてしまったのではないか。谷への転落が自分の不注意だったかどうか。他人の力がはたらいていなかったかを、紫門はどうしても確かめたかった。

久住は、山のいい写真を撮れる男だった。それは山が好きで、山を熟知していたからではないか。だが人間的には人の信頼を欠く一面があった。そこに紫門は疑いを持ったのだ。

風景や人物を、優れた感性とレンズによって切り取るのだが、その裏側には、それが彼の本性のような、邪悪な面をさらけ出していたのではないのか。

江戸川区に住む河野堅司は三十一歳で、自動車整備士だった。勤務先は自宅から近かった。彼は上背はないが、肩幅が広く頑健そうなからだつきをしていた。

「山岳救助隊の方ですか」

彼は椅子を勧めてから、紫門の名刺を、油のついた手で摘《つ》まんでしばらく見ていたが、いつ、どんなふうにして山岳救助隊員になったのかときいた。紫門のやっていることに憧れを抱いているような表情だった。

紫門は、大学を出たあと東京で就職していたが、新聞紙上で救助隊員募集を知り、応募したのだと、経過を話した。

「それまで山登りはしていたんですね？」

「生まれは青森市です。高校のころからずっと山に登っていました。北アルプスに初めて登ったのは、東京の大学に入った年です。上高地でバスを降り、それまで写真でしか知らなかった穂高を仰いだときは、身震いしました」

「ぼくは九州の生まれです。高校のころ、山の写真集を見て、高い山に憧れました。この工場の社長が山好きで、就職した年の夏、八ヶ岳へ連れて行ってくれました。その登山がきっかけで、病みつきになって、北アルプスにも登るようになったんです。

社長は歳を取ったといって、何年か前に山をやめました」

彼には一緒に山に登る友だちがいないので、年に二回ぐらい単独で行っているが、三年前に結婚し、子供が生まれると、妻が山登りに反対するようになったと語った。

こういう人と山の話をしているときりがない。

紫門は去年の六月の、落石事故に話を切り替えた。

河野はとたんに険しい顔になった。

「あのときぼくは、西穂を向いて写真を撮っていました。左下の急な斜面を登ってくる男の人に気づきました。登山道でもないところでなにをしているんだろうと思いました。その五、六分後だったでしょうか、カチッという音が二、三度して、急斜面を登っていた人が動かなくなりました。ぼくの周りには人がいないと思っていたんですが、目の前の岩の向こうから女性が二人現われ、左の斜面を下るような恰好をしました。二人のようすから、浮き石でも踏み落とし、それが急斜面を登っていた男に当たったのだと気づきました」

河野はカメラをザックに突っ込むと、稜線を五〇メートルばかり西穂側に進んだ。二人の女性は左斜面を下りていたが、また稜線に引き返して岩陰に消えてしまった。

急斜面で動かなくなった男の物と思われるザックが稜線にぽつんと残っていた。これを見て河野は、男がここで休んでいるあいだになにかを落とし、それを拾いに急斜面を下った。登り返そうとしたら、女性が起こした落石に当たって動けなくなったのだと判断した。

二人の女性は、いったんは怪我人のところへ下ろうとしたが、動かないのを見て恐くなり、その場を立ち去ったものにちがいない。河野はそう想像して、怪我人を助けるためにゴツゴツした岩場を下り始めた。が、直下にいた怪我人は力尽きてか、ズルズルと滑り、やがて見えなくなってしまった。転落したのだ。これは助からないと判断した。

河野は稜線に戻って十分ほど待った。登山者が三人やってきた。彼は三人に目撃談を話した。

四人は稜線に置かれたザックの上にメモを残し、岳沢《だけさわ》ヒュッテへ下って、落石を受けて転落したと思われる男のことを話した。山小屋では警察に通報した。

河野は、自分たちより先に女性が二人ここへ着き、遭難者が出たことを通報しているはずだがときいた。が、山小屋ではそういう人たちはこなかったと答えた。

「それでぼくは、二人の女性が落石を惹起《じゃっき》したことは確実だと感じました。いったんは落石の直撃を受けた男のところへ下ろうとしたが、途中で気が変わって、山小屋に通報せずに下ってしまったものと判断したんです」

と、河野は当時のもようを詳しく語った。

紫門はいった。

「ぼくはそのとき、ほかの隊員と上高地にいて、署から連絡を受け、救助に登りました。遭難者は稜線から一五〇メートルほど下ったところで亡くなっていました。検視で分かったことですが、落石で亡くなったのでなく、落石を受けたことによる転落が原因でした」

河野は事故当日、岳沢ヒュッテを経由して上高地へ下ったところで、待ちかまえていた新聞記者に質問された。そこで自分が目にした、ありのままを話した。彼の目撃談は、翌日の新聞に載った。同時に識者の意見も掲載された。

河野は、豊科署の刑事の訪問を受けた。彼は目にしたままを話した。

何日かしてからである。写真家の久住保生が、落石発生のもようと、怪我人の男を助けようと、急斜面を下っている二人の女性の姿をとらえた写真を地元新聞社に持ち込み、河野の目撃談には誤りがあると反論した。その写真と久住の談話の載った新聞が、河野のもとに届いた。

記事を読んだ河野は驚いた。自分が目にしたこととは大きな違いがあったからだ。

河野は、久住の目撃談と写真を掲載した信濃日日新聞に、自分がいた稜線の近くにはカメラマンなどいなかった。カメラマンは遠方から撮っていたのだろうから、新聞に載った話は正確とはいえないと抗議した。

新聞社からすぐに連絡がきて、久住と会ってみないかといわれた。河野は承諾し、松本市の新聞社へ出向いた。

用意された席には久住がいた。新聞社社員立ち会いで、河野と久住は、遭難者と二人の女性がたどったコースを地図を見ながら話し合った。だが話し合いは水かけ論で、たがいの主張を譲らなかった。

「久住さんは、ぼくよりもずっと遠くから見ていたし、彼は肉眼よりもレンズのほうを信用している傾向がありました」

河野は敵意をむき出しにして、久住を非難し、「なにかの意図があって、現場を立ち去った母娘をかばっているようでした。名の知れた写真家といいますが、あの人は、油断のならない目をしていました」

と、非難した。

久住が餓鬼岳で死亡したことを河野は知っていた。

「新聞を開いてびっくりしました。登山については、ぼくとは比較にならないくらい経験を積んでいるといっていた人なのに」

紫門は、久住がケルンのようなかたちになって死んでいたことを話した。現場の地形も、山小屋とは三〇メートルの近さだったことも話した。

かつて久住と、落石事故を目撃したことについて、激しく争った河野は、黙って紫門の話をきいていた。久住の死亡をどうみるかときいてみたが、見当もつかないと答えた。

河野は餓鬼岳の位置は知っているといったが、はたしてどんな山なのかの知識はないと答えた。冬山に登ったことがないという。

どのぐらい山登りを経験しているかは、話してみれば分かることだ。河野の山に関する知識は浅かった。夏か秋の無雪期に、よく知られた峰に登っている程度だということが判断できた。

「河野さんは、落石を起こしながら、現場を立ち去った母娘にお会いになっていますか?」

「会っていません。新聞には、二人は母娘とあっただけで、名前までは出ていませんでした」

「久住さんは、母娘をかばっているようだったということですが、直接会っていたんでしょうか?」

「それは知りません。あるいは会っていたかもしれませんね」

紫門は河野に、久住と会ったのは一回だけかときいた。河野はうなずいた。松本の新聞社で会ったとき、二度とこんな男の顔を見たくないと思ったと、また目を吊り上げ、敵意を露わにした。久住に反論され、登山経験の未熟さを指摘されたことが、よほど悔しかったようである。

5

三也子に会った。

彼女も、久住の遭難が意外でならないといった。

「登山のベテランが、落石や雪崩《なだれ》で命を落とした例はあるわよね。その人たちは、避けられない事故で亡くなったんだけど、久住さんの場合、登山道で亡くなっていたんでしょ？」

「だから、三人パーティーに発見されたんだよ」

「すわり込んでいたというのも、ヘンよね」

紫門はすでに、電話で自分の想像を彼女に伝えていた。

久住は何者かに突き落とされたのではないか。そのために、ザックの中のカメラが一台故障した。彼はザックを背負って、谷から這い上がったが、そこで力尽きたという想像である。

「あなたにそういわれると、そのとおりだったような気がしてくるわ」

「ぼくの話を鵜呑《うの》みにしないで、自分の想像も話してくれよ」

「久住さんを発見した三人パーティーは、何時ごろに現場に着いたの？」

「二月四日の午後一時過ぎということだった」

「それじゃ、久住さんが息を引き取って、三、四時間しかたっていなかったということね」

「解剖の結果、そういうことになった」

「三人パーティーが、もう少し早く久住さんを発見していれば、助かったかしら？」

「たとえ生きていたとしても、運び下ろすか、現場にテントを張ったりしているあいだに、事切れたと思うな」

「発見したパーティーは、久住さんとはなんの関係もないのね？」

「関係？」

「たとえば、知り合いだったとか」

「それは大町署が確認していると思う。遭難者発見の通報を受けたとき、パーティー各人の氏名や住所をきいたはずだろうからね」

三也子は、久住は三人パーティーと一緒に登っていたことは考えられないかといった。紫門が思ってもみないことだった。

「わたしは、久住さんが死ぬまでの二つの経過を考えているの。一つは、久住さんと三人パーティーは知り合いだった。三人か、あるいはそのうちの誰かが、久住さんに殺意を抱いていた。真冬に久住さんが餓鬼岳に登ることが分かり、三人は同行することにした。三人で彼を殺害する計画を立てていた。そのチャンスが訪れ、三人で彼を谷に突き落とした。死ぬものと思っていたら、彼は這い登ってきた。三人はじっと彼を見ていた。そのうち動かなくなった。彼の死亡を確認して、下山して、警察に通報した……」

三也子は壁の一点を見つめていった。

「もう一つの経過とは？」

「久住さんと三人パーティーは知り合いでもなんでもなかったけど、登る途中で一緒になり、四人のにわかパーティーになった。餓鬼岳小屋の近くで、久住さんは怪我をした。そこで三人は話し合った。一緒に登っていて怪我人が出た以上、彼を助けて下らなくてはならない。久住さんが加わったばかりに三人の山行計画は壊れてしまった。三人にとって久住さんは厄介者になった。置き去りにしたかったが、彼が生還した場合、あとで面倒なことが起きるから、彼をなんらかの方法で動けなくし、凍死を待った……」

「どっちにしてもひどい話だね」

「何年か前の冬に、後立山であったじゃない。学生の四人パーティーが、メンバーの一人が怪我をして動けなくなった。三人のメンバーは怪我人を介護しながら下るのが嫌だったから、テントの中に怪我人を寝かせ、食糧を置いて、計画どおりの山行を終えて下山したというのが」

「覚えているよ。たしか怪我人は、通りかかったパーティーに助けられたんじゃなかったか？」

「そうだったわ。置き去りにされた次の日、見知らぬパーティーによって白馬村《はくばむら》へ下ろされ、大町の病院で手当てを受けて元気になったの。その次の日、パーティーを組んだ三人が下りてきて、テントに一人残してきたと、届けたのよ」

「それもたしか新聞が取り上げて、大きく報道したね。人命をなんと思っているんだと、何人かの識者の話を載せていた」

「不注意で怪我をした一人のために、自分が犠牲になりたくないという意識がその人たちにはずっと前からあったんだと思うわ」

その四人は、都内の名門中学の同窓生だった。もしもテントに残してきたメンバーが死亡したら、その家族になんといっただろうか。学校でも家庭でも、そういうことを教えてもらわなかったというのではないか。

「あ、思い出した。計画どおりの山行を終えて下山したメンバーの一人が、テレビのインタビューに応じて、『ぼくたちは、世間の人にいろいわれるほど悪いことはしていないと思う。彼（テントに置き去りにされたメンバー）は、足を怪我しただけで元気だった。ぼくら三人が彼のいるテントを出て行くとき、彼は、がんばれよって手を振ったんだ。どうして知らない人たちが、ぼくらのやったことを非難するんだろう。彼は無事だったし、それでいいじゃないか』と答えたんだ」

　これをきいてあきれた人も多かったろう。

「そういう人は、山に登っちゃいけないんだけど、制限はできないものね」

三也子は登山者としてのモラル以前の問題だという。

三也子にいわれて紫門は、久住の遺体を発見した三人が気になりだした。

豊科署に電話を入れた。小室主任がいた。大町署に、三人の氏名と住所を問い合わせてもらえないかと頼んだ。

　理由をきかれて、三也子の想像を話した。

「まさかとは思うがな」

小室はいって、紫門と三也子のいる小料理屋の電話番号をきいた。
十四、五分すると、小室から返事があった。
久住の遺体を発見したパーティーは、品川区に本社のある食品会社の社員たちだった。

　紫門は三也子に、久住と論争した河野のことも話した。

「どちらの見方が正しいのかしら？」

「どちらにも見誤りがあると思う。河野は稜線上にいて、落石を受けた人を見ていたんだが、怪我人がずり落ちて行くと彼の視界から消えてしまった。落石を発生させたらしい母娘の姿も彼からは見えなくなった。だから、久住の目撃談のほうが真実に近いともいえるんだ。彼は写真を撮っているしね」

「久住さんは、どこにいたの？」

「河野さんの位置より一〇〇メートルほど奥穂側に寄っていたんだ」

「斜め上から見ていたというわけね。久住さんは、事故を目撃したし、撮影しただけで、救助に向かおうとはしなかったのかしら？」

「あの稜線で一〇〇メートルの距離は長いからね。彼が怪我人に近づこうとしたときには、すでに姿は見えなくなっていたらしい」

「河野さんも久住さんも、怪我人をただ見ていただけみたいね」

「そういうことにもなるけど、ロープを使わないと、近づけなかったと思う。ぼくらは、下のほうから怪我人に近づいて収容したんだ。稜線からの落石が気になってしかたなかったのを、覚えているよ」

「河野さんは、久住さんの餓鬼岳山行の日、自宅か会社にいたのかしら？」

「それは調べていない。河野も怪しいと思うかい？」

「論争したというだけで、根に持つ人がいるから」

念のために河野のアリバイも確認すべきだと、三也子はいうのだった。

久住のほうも、事故の目撃談を一歩も譲らない河野を憎い男とみていたのではないか。彼には現場写真という証拠があった。それで河野の、目撃と判断と記憶よりも優位に立っていたのだろうが、河野が見た久住は、母娘をかばっているようだった。紫門にはこの言葉が気になった。

久住と、落石を発生させたらしい母娘とは知り合いではなかったようだ。たまたま久住の被写体になっただけの関係なのに、「かばっているよう」に受け取れたというのは、なぜなのか。久住は、自分の判断を確信していたから、母娘が河野によって攻撃されているのを真から気の毒に思ったのだろうか。

四章　北八ヶ岳《きたやつがたけ》に消える

1

浜松町《はままつちょう》と羽田《はねだ》空港を結ぶモノレールが、空中を滑るように走っていた。近くには大井《おおい》競馬場と海浜《かいひん》公園の緑の森が見えた。

二月四日、餓鬼岳小屋のすぐ近くで久住の遺体を発見した三人パーティーが勤めている食品会社は、モノレールの駅を降りて五、六分のところだった。

先に電話しておいたので、三人はすぐ小会議室に集まった。リーダーは畠中《はたなか》という三十半ばの男で、あとの二人は三十歳ぐらいだった。

畠中らは、二月三日に餓鬼岳に向かって大町から入山し、山中で一泊して久住が白いケルンのようなかたちになっていた現場に着いたのだ。

紫門は、久住が死亡することになった原因に疑問を持って調べていると前置きした。

三人は、新聞を見るまで、久住が長野県内では名の通った写真家だとは知らなかったと答えた。

「あなた方は登りの途中で、久住さんらしい登山者を見ていますか？」

「いえ、登山者を一人も見ていません」

きのう三也子は、三人パーティーは久住と一緒に登ったのではないかといった。だから紫門は三人の話を注意してきいた。

どこで露営したのかもきいたが、彼らは久住とは会っていないようだった。

「下ってくる人に会いましたか？」

「会っていません」

畠中は首を横に振った。

登っている間になにか見なかったかときいてみた。

「なにかとおっしゃると？」

「たとえば人の足跡とか、あなた方の前に誰かが登ったらしい痕跡です」

三人は顔を見合わせていたが、

「そういえば、露営地から一時間ばかり登ったところで、人の足跡を見ました」

と、畠中が答えた。ほかの二人が思い出したというようにうなずいた。

紫門は、餓鬼岳周辺を拡大コピーした地図をテーブルに広げた。

三人は、大凪山と乳川谷からのコースが合わさる中間地点で露営している。彼らが人の足跡を見たのは、左下に北沢上流の大崩地を見下ろすあたりだ。

「二月三日も次の日も雪が降っていましたね？」

紫門は念を押した。

「四日は、ときどき小やみになりましたが、降りつづいていました」

「そういう条件下で、足跡が見えたということは、あなた方のすぐ前を登っていた人がいたということです」

「下っている足跡でした」

メガネを掛けた男がいった。

「下っていた……。間違いありませんか？」

「たしかです。三人とも下っている足跡を見ています」

畠中がいった。

雪の上についた足跡は、何時間も経過しなければどちらを向いているか明瞭である。

「その足跡は、どのぐらいつづいていましたか？」

「四、五〇メートル……いや、もっとだったかな？」

畠中は二人に目顔できいた。

「一〇〇メートルぐらいはつづいていたと思いますよ」

メガネの男がいった。彼らの目に入った足跡はもっとつづいていたはずだが、先のほうは降雪が消してしまったのだろう。

彼らが目にした足跡は、斜面に急に現われた。進もうとする右上のほうから現われ、左下の樹林の中へ下っていた。それを見た三人は、「登山者がいたんだ」と思い、立ったまま樹林に吸い込まれるように消えている足跡を見ていたという。

「足跡は単独でしたか、それとも？」

「一人のものでした。足跡の右側を、ピッケルを引きずったらしい条《すじ》もついていました」

「すると、あなた方が登って行く直前、少なくともピッケルの跡が降雪によって消える前に一人が下ったということになりますね？」

「そうですね」

「足跡は、久住さんでないことは間違いない。彼は、あなた方よりも数時間前に登っていたんですから」

「ぼくらより先を登った人の足跡はどこにもありませんでしたから、久住さんとぼくらの間隔はかなり開いていたと思います」

夏径の場合、登、下山コースをたどるが、積雪期は登り下りに楽なところを選んで歩く。久住には撮影という仕事があったから、一般登山者の歩かないところを登っていたことが考えられる。前に登った経験から、近径《ちかみち》をかけたかもしれない。

「あなた方が見たという足跡は重大です」

紫門がいうと、三人はどうしてかと目を丸くした。

「ぼくは、久住さんの死亡を事故とはみていません。登山のベテランの彼が、雪の上にすわり込んで死んでいたんです。その姿を目の当たりにした瞬間、どうしてこんなところに、こんな恰好でと不思議な気がしました」

「ぼくらも、近づくまで、人間とは思いませんでした」

「事故でなかったら、なんですか?」

メガネの男が身を乗り出した。

何者かに谷に突き落とされたのではないかと、紫門はいってみた。三人は同時に口を開けた。

「じゃ、ぼくたちが見た足跡は……」

畠中はいって、テーブルの上の地図に目を落とした。彼は頭に、雪の斜面に現われた人の足跡を再現しているようだった。

「分かった。下ってきた人は、ぼくらを見て、急に方向を変えたんじゃないか」

「そうだ。おれたちに姿を見られたくなかったんだ。だから、林の中へ入り込んで、おれたちが登って行くのを見送っていたんじゃないのか」

「足跡を残した人は、餓鬼岳小屋の近くから下ってきたのかな」

三人はいった。

彼らの想像は合っているだろうと紫門は思った。

「足跡を残したのは、男でしょうね？」

紫門は三人にきいてみた。

「男でしょうね。かなり大きな足跡だったのを覚えています」

「カンジキを履いていたのでしょうか？」

「いえ。カンジキじゃなかったのはたしかです」

カンジキと靴とでは雪面にできた足跡の深さとかたちが違う。冬山をやっている人にはそのぐらいの見分けはつくだろう。

「あなた方は、久住さんの遺体に遭遇するとすぐに下山の途についたんですね？」

「もう登る気がしなくなりました。それと、この山には誰もいないんじゃないかって話し合い、遭難者発見を一刻も早く知らせようといって、駆けるようにして下りました」

「下りでは足跡に出合いませんでしたか？」

「見なかったよな？」

畠中は二人にきいた。二人はうなずいた。

雪は降りつづいていたから、足跡は埋まってしまったのではないか。

紫門は、三也子の話をきいて三人に会ってよかったと思った。三人が登って行く雪の上に、たった一人の足跡が下っていたというのは重要な証拠だ。雪の上の証拠は消えてしまっているが、複数の目がそれを灼《や》きつけている。

久住は過って転倒して、手首を折ったのではない。雪に足跡を残した人間に危害を加えられ、それで動けなくなったのだ。三人パーティーが数時間早くそこに着いていれば、あるいは久住は死ななかったのではないか。生還できなかったにしても、三人に、誰と会い、なにがあったのかをいい遺すことができたようにも思われる。

紫門は夜になるのを待ち、きのう河野に会った自動車整備工場を訪ねた。工場の名を書いた灰色のシャッターを外灯が照らしていた。

工場のすぐ裏側が社長の自宅だった。この工場に就職したばかりの河野を山へ連れて行ったという社長が出てきた。食事をすませたところらしく、つまようじをくわえていた。

二月初め、河野は山へ行っていないかときいた。

「そんな真冬に山になんか登りませんよ。だいいち河野には冬山の経験がない」

社長は、つまようじを捨てて答えた。
三、四日、休暇を取っていなかったかときいた。今月は日曜と祝日以外は休んでいないという。

「こんなことを伺って、河野さんが気を悪くなさるでしょうから、黙っていてください」

「分かっています。河野が休みを取って、山でなにかやったんじゃないかと思ったんですね。あいつは一本気で強情ですが、悪いことなんかする男じゃないですよ」

山好きの社長は、紫門に一杯飲《や》っていかないかといった。

あらためて伺うと紫門はいって、夜間の訪問を詫びた。

社長は車で、駅まで送ってくれた。

2

いつものように、中野区の石津家に泊まった。

石津家の人たちと一緒に朝食を摂った。食べ終えると紫門は、朝刊を広げた。

「毎日、好きなことをやっていられるお前が、うらやましいよ」

身長一八〇センチ、体重は九〇キロ近い石津はそういうと、書類袋を抱えて出勤した。

「紫門君は、うちの次男といった恰好だな」

石津の父親はいって、母親に見送られて家を出て行った。彼は大手造船会社の役員だ。

紫門は、根岸正継の妹、待子の家が比較的近いことを思いついた。焼香に伺ってよいかと電話でいうと、ぜひ寄ってくれと彼女は答えた。

小さな祭壇の横には、葬儀の直後のように菊花が大振りの花瓶《かびん》に活《い》けられ、籠に果物が盛られていた。北海道にいる兄夫婦の友人が、花と果物を持ってきのう訪れたのだと待子はいった。

「兄と淑子さんは、いずれ北海道に住む計画を立てていたんです」

「ほう。北海道のどこへですか？」

きのう訪れた人は、根岸夫婦が家を建てる予定だった場所で撮った写真を持ってきてくれたといって、待子は茶封筒を紫門の前へ置いた。

写真は十枚ばかり入っていた。

赤と黄色の花が一面に咲いた疎林に、根岸と淑子が立っていた。画面の右に丸太で造った二階建てが入っていた。待子がそれを説明した。

丸太造りの家がきのう訪れた友人宅で、それのすぐ近くに根岸夫婦は、二人の設計によるログハウスを建てることにしていた。そこには温泉が湧く。自給自足の野菜作りをし、老夫婦がやっている酪農を引き継ぐ話が具体化していたという。この話が友人から出たとき、淑子はすぐに夫の根岸を促して現地を訪ねた。酪農家にも会った。

淑子はその土地を気に入ったし、すっかり乗り気になり、その後も何回か現地へ行っていた。写真は現地にいる友人が撮ったものだという。

広い草原の先に山頂のこんもりした山が写っているのがあった。草原には枯れたシラカバが幾本も立っている。山の谷間に当たるところで白い噴煙が立ち昇っている。

「ここは、川湯《かわゆ》ではありませんか？」

紫門は写真を手にしていった。

「よくお分かりですね。弟子屈《てしかが》町の川湯温泉です」

「行ったことがあります。摩周湖《ましゅうこ》の近くです」

白い噴煙の昇っている山は硫黄山《いおうやま》だ。広大な草原に見えるところは、エゾイソツツジの大群生地だ。屈斜路湖《くっしゃろ》も近くである。

過疎化が進んだが、最近この土地のよさが知られるようになり、首都圏などから移住した人が何人かいる。

淑子が軒の低い町並みの道路に立っているのもあった。そこは川湯温泉にちがいなかった。三角屋根の駅を背にして写っていた。青と黄色に塗りわけたバスがとまっていて、「Akan」の白い文字が見えた。駅は川湯温泉だ。人間よりも大きな木彫り熊の前に淑子は腰掛けていた。川湯温泉駅のホームだ。紫門はそこに見覚えがあった。

子供のない夫婦が弟子屈町で暮らす計画は、根岸の死亡によって粉砕された。

「義姉は北海道へ行ってくるたびに、今度は一緒に行きましょうと、わたしを誘っていました」

「よほど気に入っていたんですね」

「義姉は、カナダやニュージーランドの自然が好きでした。兄と何度か行っていました。北海道がその国に似ているともいっていましたから、丸太で家を建てて住むのも、将来の大きな夢だったんです」

待子の話をきいて、淑子が夫の死後、上高地周辺へたびたび行っていたことが理解できた。青い鈴を持った長身の男をさがすのが目的だった。その男は夫を見殺しにしたのだと恨んでいた。その男が怪我をした夫を安全な場所へ避難させてくれていれば、死ぬことはなかった。息を吸い合うようにして暮らしていた夫を死なせ、将来の夢を奪った男が、憎くてしかたなかったのだろう。

淑子が無残な遺体で発見された現場のすぐ近くにはナイフが落ちていた。彼女が持っていた物であることはほぼ確実だ。さがしている男に出会ったら、彼女は自爆覚悟で、男の腹にナイフを刺し込むつもりだったのではないか。

紫門は、餓鬼岳で遭難した久住保生のことを話した。

「新聞で見ました。前に紫門さんからおききしなかったら、知らない方でした」

「久住さんに撮られた人が殺され、撮った人が山で亡くなった。なんとなく因縁めいたものを感じます」

　待子は、久住がどんなふうに死んでいたのかをきいた。紫門は詳しく話した。死因に疑問を持っているともいった。

「まさか義姉の事件と関係していることはないでしょうね？」

「それはないと思います。淑子さんの事件で久住さんは、多少の疑いをかけられた人ではありますが」

　淑子が殺害された夜の久住のアリバイははっきりしていない。捜査本部に当夜のアリバイを明確に話してくれといわれた彼は、自宅で仕事をしていたと答えた。だが、隣家では、その夜、久住の仕事部屋には電灯はついていなかったと証言している。久住が仕事をしていたという証拠も、不在だったという証拠も挙がっていなかった。


　夕方、三也子と渋谷駅前で待ち合わせした。

　紫門より二、三分遅れてやってきた彼女は、新聞を持っていた。

　二人は人混みを避けてデパートと駅の通路との仕切り壁の前に立った。

「根岸正継さんが、松本の病院に入院中、見舞いに行ったお友だちは、白戸さんという人じゃなかった？」

　三也子は唐突にいった。

「そうだ。青い鈴を持った男のことを、根岸さんは白戸さんに話したんだ」

紫門がそういっているあいだに、三也子は夕刊の社会面を開いた。

「白戸豪さんという名前?」

「たしかそんな名だった。ぼくは名刺を交換している」

「ここを読んで」

社会面の左下に彼女は指を当てた。

記事の見出しは、「東京の会社員行方不明」となっていた。

〔大田《おおた》区の会社員白戸豪さん(四〇)が、八ヶ岳へ出掛けたまま消息を絶っていることが十四日わかった。白戸さんは去る十日、八ヶ岳の山小屋に用事があるといって自宅を出、一泊して十一日には帰宅する予定だった。十二日になっても自宅にも品川区の勤務先にも連絡がないことから、警察に捜索願が出された。

家族の話によると出発する前の日、八ヶ岳の山小屋の人から電話を受けたという。

白戸さんは、北アルプスで友人が遭難したあと、その原因に疑問を持っているといって、北アルプスの山小屋を歩いていた。だが最近は冬場に山へ行ったことはなかった。

捜索願を受けた警察では、山小屋からどんな連絡があったのかを調べている。

八ヶ岳は、十日も十一日も吹雪だったことから、山小屋に着く前に遭難した可能性もあるとみて、関係各署と連絡をとっている」

「白戸さんの家へ行ってくる」

紫門は、新聞をたたんだ。

「山小屋から連絡があったって、なにかしら？」

「青い鈴の男に関係があるんじゃないかな」

三也子は同行してよいかといった。

紫門はうなずいて、都内の地図をバッグから取り出した。白戸の自宅は、多摩川《たまがわ》に近い鵜《う》の木《き》というところだった。

勤め帰りの人で電車は混んでいた。「毎日、好きなことをやっていられるお前が、うらやましいよ」と、けさ家を出がけにいった石津の言葉を思い出した。石津は朝夕、このような満員電車に詰め込まれて通勤している。それが嫌でしかたがないのではないか。紫門は自分では好きなことをやっているとは思っていない。山が好きで山岳救助隊員になったが、これは命がけの仕事である。調査のほうは、いったん疑いを持ったことはとことん追及しないと気がすまない質《たち》で、頼まれもしないのに各地を動き回っている。だがこの性格が、事件解決に役立ってきている。

3

白戸の自宅は古い一軒家だった。代々ここに住んでいるといった感じだった。

六十半ばの女性が出てくると、上がり口に膝を突いた。白戸の母親だった。

紫門と三也子は座敷に通された。長押《なげし》に額に入った表彰状が飾られていた。白戸が人命救助したことを警察署長が表彰していた。

白戸の妻が子供になにかいいつけると出てきて、畳に両手を突いた。髪が乱れ、疲れた顔をしていた。

白戸とは昨年の十月下旬に、彼の勤務先で会ったと紫門はいった。そのときに二人でなにを話したかも説明した。

「根岸さんのお名前は前から知っていました。主人は命の恩人だとよくいっていましたので。根岸さんが山で遭難なさったことも、主人からききました。奥さんがお気の毒でなりませんでした」

妻は細い声でいった。

紫門は、白戸の行方不明の件に話を移した。

「新聞記事によりますと、白戸さんが八ヶ岳へ出発される前の日に、山小屋の人から電話があったということですが？」

「はい。電話があったのは九日の夜でした。主人が会社から帰ってきて間もなくでしたから、七時ごろだったと思います」

「電話には最初に奥さんが出られたんですか？」

「主人が出ました」

「なんという山小屋の人からの電話だったんでしょう？」

「主人は、たしか北八ヶ岳のなんとかといいましたが、わたしには山のことはさっぱり分かりませんので……。いま思うとうかつでした。はっきりときくか、メモでもしておけばよかったと後悔しています」

「白戸さんは、山小屋だとはっきりいわれましたか？」

「それははっきりいいました」

「どういう用事で電話があったのかは？」

「根岸さんの遭難に関してだと思います。去年の秋まで、連休や有給休暇を使って山小屋を歩いていましたから」

白戸は、根岸が死の床でいった青い鈴を持った男をさがして、おもに北アルプスの山小屋を訪ね歩いていることを紫門に話した。一回の山行で回れる山小屋の数は知れているが、いつかは鈴の男の情報を摑むことができると信じていると話していた。もっともそう思わないことには足が進まないだろう。彼が当たった山小屋のうちで双六小屋の主人だけが、青い鈴に見覚えがあったと答えたという。双六小屋の主人は、宿泊カードを繰ってくれただろう。だが、白戸がさがし求めている男を特定することはできなかったようだ。

北八ヶ岳の山小屋の人は、電話で、「青い鈴を持った男が泊まった」とでもいったのだろうか。そういう連絡をよこしたということは、白戸は北八ヶ岳の山小屋も回っていたのか。

白戸は、九日の夜、山小屋の人から連絡を受けるとすぐに、会社の上司に電話し、休ませてもらいたいと断わった。それから山に出掛ける準備に取りかかったという。

「白戸さんは、勿論、ザックを背負って行ったでしょうね？」

「赤いのを背負って行きました」

「その中に、どんな物を入れましたか？」

「黄色い羽毛入りの上着と、寝袋です」

白戸は山小屋に泊まるつもりだから、ツェルトや燃料や食糧の必要はなかったのだろう。そのほか、なにを持って行ったかを妻にきくと、ピッケルにアイゼンだと答えた。

「靴は山靴でしたか？」

「いつも山へ履いて行くブーツに、ブルーのオーバーシューズをザックに入れていました」

　雪の深いところを歩くための用意だったのだ。

「北八ヶ岳の山小屋は、この時季やっているのかしら？」

　三也子が小さな声でいった。

「何軒かは通年営業している」

　白戸の装備からすると、冬場は里に下りている山小屋経営者の自宅を訪問するのでなく、山小屋へ行くつもりだったようだ。

　彼は山小屋へ到着する前に、吹雪に遭って径に迷うかしたのだろうか。彼が出発してきょうは六日目である。

「警察からはなにか連絡がきていますか？」

「すぐに現地の警察に連絡してくれたということですが、どこの山小屋へ行くつもりだったのか分からないため、捜索地域を絞ることができないという返事がきたそうです。それに、きのうときょう、また吹雪になっているという連絡が、お昼にきました」

　白戸は、二月十日に出発した。北八ヶ岳は、十日と十一日は吹雪だったと新聞に出ていた。きのうときょうはまた吹雪というと、十二日と十三日は捜索ができたのだろうか。

「所轄署は、どこなのかしら？」

三也子がいった。

「蓼科《たてしな》側なら諏訪署、東側は臼田《うすだ》署だね」

「捜索しているかしら？」

「それはしているさ。だけど、北八ツといっても範囲は広い。ヘリを飛ばしても見つけにくいだろうね」

「森林帯に入っていたら、上空からは発見しにくいわね」

「いまは、白一色だからね」

紫門は、あらためて白戸の着衣の色を妻にきいた。

ザックは赤。ダウンジャケットはブルー。セーターは茶色地に黄色のラインが両袖に通っている。ニッカズボンはグレーで、ストッキングは黒だったという。妻は警察からきかれてこれを思い出し、書き出して提出したといった。

「帽子をかぶっていかれたでしょうね？」

「いつも毛糸の帽子をザックに入れていましたが、いくつもあるものですから、今度はどれを持って行ったのか分かりません」

紫門は、いまきいた白戸の服装をノートに書き取った。

小室主任の自宅に電話した。

「いまも東京か？」

小室は酒を飲んでいたらしい。酒が入ると彼の声は普段より高くなる。

「北八ヶ岳で、この時季も営業している山小屋はどこかを知りたいんですが」

「そんなこと、山の雑誌を出している出版社にでもきけば分かるじゃないか」

「今夜知りたいんです」

「今度の調査と、八ヶ岳がどういう関係があるんだ？」

紫門は、白戸と根岸正継の間柄と、白戸の行方不明を簡潔に説明した。

「その人の行方不明は気になるな」

小室の声の調子が変わった。山小屋の人から電話が入り、それをきいて白戸は出掛けたからだ。

「君が、北八ツの山小屋に当たるのか？」

「そのつもりです」

「気をつけて行動してくれよ」

小室は、三十分後にもう一度電話してくれといった。その間に、冬期も営業している北八ヶ岳の山小屋を調べておくという。

小室の調べで冬期も営業中の山小屋が分かった。

「黒百合《くろゆり》ヒュッテ」「高見石小屋《たかみいしごや》」「麦草《むぎくさ》ヒュッテ」「青苔荘《あおごけそう》」「北横岳《きたよこだけ》ヒュッテ」「縞《しま》

枯山荘《がれ》」「大河原《おおがわら》ヒュッテ」「ヒュッテ・アルビレオ」の八軒である。

小室は、営業中の山小屋を諏訪署に問い合わせただけでなく、白戸捜索のもようをきいていた。それによると十二日と十三日は雪がやんだため、県警のヘリが北八ヶ岳全域を飛んだが、遭難者らしい人影は発見できなかったという。だが、一つだけ情報があった。諏訪署が営業中の山小屋に問い合わせたところ、縞枯山荘の主人が、白戸豪の名を知っていると答えた。が、白戸は同山荘へは行っていなかった。

紫門は、縞枯山荘の名をペンで囲んだ。

「白戸さんは、縞枯山荘へ行くつもりだったんじゃないでしょうか?」

紫門は、白戸の妻にきいた。

「どこにある山小屋ですか?」

「蓼科高原の北に横岳ロープウェイがあります。それの山頂駅から東に十分ぐらい歩いたところです。いまは雪が積もっていますから、二十分ぐらいかかると思います」

「山の上にある小屋ですか?」

「八丁平《はっちょうだいら》という平坦地ですが、標高は二二〇〇メートル以上あります」

妻は、縞枯山荘などという名をきいたことがないといった。

縞枯山荘の東側が雨池峠《あまいけ》だ。八ヶ岳山脈を東に越える一つの峠である。南側には標高二四〇二メートルの縞枯山がある。南面の山腹に生えるシラビソやコメツガが白い横縞状に枯れるのだ。この樹林の立ち枯れ現象から山名がつけられた。無雪期は、緑の帯と白い帯が交互に山腹に現われて美しい。初めてこれを見る人は、自然の不思議にしばし動けなくなる山である。

「この服装じゃ、縞枯山荘へは行けないな」

白戸家を出ると、紫門は三也子にいった。

「行くの？」

「行ってみたいんだ。白戸さんの消息が分かりそうな気がする」

「天気さえよければ、縞枯山荘へならゴム長でも行けるけど、吹雪いたら危ないわ」

紫門は、山装備をととのえるためにいったん松本へ帰ることにした。

「これから帰るの？」

彼女は珍しく不満そうな顔をした。

「夜行で帰って、あした縞枯山へ行く。結果が分かれば、あしたの晩会えるよ」

「そんなに無理しないで。天候が回復すれば、諏訪署から捜索隊が出ることだし」

紫門が縞枯山荘へ行く理由は、そこの主人に白戸のことをどのぐらい知っていたのかをきくためだ。白戸の捜索もするが、彼が縞枯山荘を訪ねるつもりだったとしたら、横岳ロープウェイを降りて、山荘へ向かう間、吹雪のために径を見失ったのではないだろう。

紫門は、二十三時五十分に新宿を発つ急行で松本へ帰ることにし、三也子と一緒にゆっくり食事した。

「松本へは何時に着くの？」

「午前四時十分だ」

「列車の中で眠れる？」

「どこでもすぐに眠れるよ」

「そうよね。あなたは山小屋で、誰よりも早く眠っていたものね」

彼女は、涸沢の常駐隊のころを思い出したようだった。

4

翌朝、八時近い特急に乗り、茅野《ちの》で降りた。山中を捜索することを考え、完全装備をととのえた。念のためにザックにツェルトを結わえつけ、燃料とコンロも持った。

空はいまにも雪を降らせそうな暗さだった。

蓼科高原のホテルのある場所には人影がなかった。湖にスケートにくる人はいるだろうが、ここは夏のリゾート地だ。

ロープウェイの駅の周りも雪で真っ白だった。

厚いダウンジャケットを着た人たちはスキーヤーで、登山装備をしているのは紫門だけだった。カラフルなウェアの若い女性たちは、大型ザックを背負ってピッケルを持っている紫門を、異様なものを見るような目つきで眺めた。

ロープウェイの山頂駅から雨池峠方面に足跡がつづいていた。いまごろハイカーはこないから、これは登山者のものにちがいなかった。雪についた足跡は大きいのと小さいのがあり、小さいほうは大きいほうに踏まれてなくなっているところもあった。男女か、親子のように見えた。

雪の上を直線状に連《つら》なっている足跡を見て、餓鬼岳を思い出した。久住の遺体を発見した畠中らの三人は、登りの途中で単独行の足跡に出合った。その足跡は、三人の行く手を斜めに交差して、樹林に吸い込まれるように消えていたという。足跡は大きかったと三人はいっていた。餓鬼岳のほうから下ってきて、登ってくる三人を避けるように斜めに樹林に入っているのは、久住の遭難になんらかのかたちでかかわっていそうな気がする。このことについては、あとで小室や及川に話し、じっくり検討するつもりだ。

横岳のほうから強い風が吹き、雪面には風が彫った畝《うね》ができていた。南側のこんもりとした縞枯山は白一色である。

大小の足跡は、縞枯山荘に吸い込まれていた。

主人と若い男女がストーブを囲んでいた。

「北アルプスの山岳救助隊の人……」

主人は、紫門の名刺をしばらく見つめた。

紫門もストーブの前に招かれた。

若い男女は、ここ三年、二月になるとこの山小屋を訪れる常連だと、主人が紹介した。くるたびに二泊して、周辺を歩くのだという。

「ご主人は、白戸豪さんをご存じだそうですね？」

「毎年、この小屋が好きだといって、かならずきてくれるお客さんでしたから」

白戸のことについては諏訪署から問い合わせがあり、行方不明になっていることをきいたという。

「ご主人は、白戸さんの自宅へ電話をされましたか？」

「いや。電話する用事はありません」

「白戸さんは、九日の夕方、北八ヶ岳の山小屋からの電話を受け、十日に出発しています。それきり行方が分からなくなりました」

「どこの山小屋から電話がいったのか、分からないんですね？」

「分かりません。ぼくは、ご主人が白戸さんに電話を掛けられたのかと思いました」

主人は首を横に振った。

「白戸さんは、山をやるある人をさがしていました」

「ああ、思い出しました。青い鈴を持った背の高い人をさがしているが、心当たりはないかと、去年の秋、きたときにきかれましたよ」

白戸は、どんな理由でさがしているのかは話さなかったという。

「青い鈴を持った背の高い男に、お心当たりがありましたか？」

「ありません。白戸さんが帰ったあと、彼の話を思い出して……」

主人は、二階の宿泊部屋への階段を指差した。そこには黒のマジックインキで〔青い色の鈴を持った四十歳ぐらいの長身の男性（髭が濃い）にお心当たりの方がいましたら、東京の白戸豪さん（電話〇三－三七三一－××××番）までご連絡ください〕と書いた紙が貼ってあった。

「これだ」

紫門は小さく叫んだ。

主人は怪訝《けげん》そうな目で、紫門と貼り紙を見比べた。

ストーブに当たっていたカップルは、二、三時間付近を歩いてくるといって、デイパックを背負った。

「気をつけてね。雪が降りだしたら帰ってきてください」

主人はいった。

カップルは、赤と黄のツートーンカラーのおそろいのジャケットで出て行った。

「あの貼り紙を見たんです」

紫門はいった。

「誰がですか？」

「貼り紙にある青い鈴をつけた男がです」

「えっ。そんなお客が泊まったことはなかったと思いますが」

「あの貼り紙を出したのは、いつですか？」

「白戸さんは去年の、たしか九月にきました。そのすぐあとです」

「九月……」

紫門はつぶやいて、ノートを開いた。

根岸淑子が穂高町で殺害されたのは、去年の十月十四日だ。あくまで推測であるが、彼女は、夫がいい遺した男に出会ったのだ。彼女は夫のアルバムから男の写真を二枚抜いて持っていた。死にぎわに夫が話した男だと思い込んでいたからだ。その男に出会うことを期待して、上高地周辺を歩き、登山者の集まりそうなところや、バスターミナルに立っていた。

後日の捜査で判明したことだが、彼女は男の写真を新島々駅売店の人に見せ、見覚えはないかとか、青い鈴を持った男に心当たりはないかときいていた。写真の男が青い鈴を持っている男と思い込んでいたからだ。

ところが、自分の目の前を、鈴を鳴らして男が通った。彼女は、はっとして近寄ってみると、その鈴は青い色をしていた。男は長身で、髭が濃かった。彼女はそれまで人違いしていたことに初めて気づいた。彼女は鈴を持った男に、三年前の九月十七日、雨の中を涸沢岳から奥穂高へ向かっていたかときいた。男は、そのころ穂高に登っていたと答えた。あるいは否定したかもしれない。だが、男は夫のいった特徴にぴったりの風貌だった。彼女は、夫の死の原因をつくり、自分たち夫婦の将来の夢までも粉砕したのはこの男だと確信した。

彼女が、なぜ穂高町で殺されたのかは分からないが、彼女はナイフを構えて男に襲い掛かった。だが、男の手によってナイフを叩き落とされ、首を絞められて殺され、田圃の中の溜池へ放り込まれた——。

男は青い鈴を吊っていたから、淑子には夫を死なせた男だと分かったのだ。その男が、淑子と出会う前に、縞枯山荘の貼り紙を目にしていたとしたら、白戸という人がなぜ自分をさがしているのか見当がつかなくても、気味が悪くなって、以降鈴をつけて山を歩かなくなったような気がする。

紫門は、山小屋の主人に、白戸がどんな理由で青い鈴をつけている男をさがしていたかを話した。

「そうでしたか。白戸さんはそれを話してくれなかったので、青い鈴の男に会いたいのだろうと思って、貼り紙をしたんです」

主人が貼り紙を出したのが九月。淑子が殺されたのが十月だ。

青い鈴の男は、淑子を殺害した後は鈴をつけて歩かなかったろう。

そうか、男は最近、この貼り紙を目にし、淑子以外にも自分をさがしている人間がいることに気づいたのではないか。

男は、貼り紙にある白戸の電話番号を控えて帰ったのにちがいない。そして、「縞枯山荘だが、あなたがさがしている青い鈴の男について、情報が入った」と、白戸に電話を掛けたのではないか。

その声を白戸は、山小屋の主人と信じて疑わなかった。

白戸も、青い鈴の男を、淑子殺しの犯人とにらんでいた。だから彼は電話を受けた次の日、この山小屋を訪ねるために家を出たのにちがいない。

「そうすると紫門さん。白戸さんはここへくる途中で、待ち伏せていた男に……」

「たぶんそうでしょう。いくら吹雪の日でも、白戸さんがこの山小屋に着けないわけはないでしょう」

「あの人なら、這ってでもやってきたと思います」

主人の顔は蒼くなった。青い鈴の男は、ほんとうにここへきて、貼り紙を見たのだろうかと、低い声でいった。

「こちらへ寄るのは、宿泊する人だけではありませんね？」

「夏と秋は特に多いですが、コーヒーを一杯飲んで行く人もいます」

「最近寄ったか泊まったうちで、髭が濃くて背の高い男はいなかったですか？」

「さあ。思い出せません……」

　と主人はいってから、額に手を当て、「泊まるといって入ってきながら、三十分ぐらいここでストーブに当たっているうち、気が変わったらしく、帰った男の人がいました」

「その人は単独だったんですね？」

「一人でした。そういえばその人、紫門さんと同じぐらい体格がよかった」

「それはいつでしたか？」

「去年の十二月の半ばだったような気がします」

「氏名と住所を、宿泊カードに記入していませんか？」

「うちでは、このノートに書いてもらっていますが、その人は記入する前に気が変わったようでした」

　主人は、少し色の変わった大学ノートを棚から下ろした。

「その男は、泊まるつもりでしたが、あの貼り紙を読んで、急に帰る気になったんじゃないでしょうか?」

「そうだとすると、男は青い鈴の?」

「そんな気がしますが」

「鈴をつけていなかったのは確かです」

それだけははっきり覚えている、と主人はいった。

「前にこちらへきたことのある人では?」

「いえ。見覚えのない人でした」

紫門は、その男の服装をきいた。

主人は首をひねった。冬の登山装備はどの登山者も似たりよったりだ。ザックやウェアの色も思い出せないし、特別印象に残るような物は持っていなかったような気がするという。

「男が帰るといったのは、ロープウェイが運転されている時間でしたか?」

「三時過ぎぐらいだったと思います。ロープウェイが動いていなかったら、私は引きとめましたよ」

横岳ロープウェイは通年運転で、午前九時から午後四時までだ。

紫門は小室主任に電話で、主人からきいたことを話した。

「青い鈴の男は、そこの貼り紙を見たんだろうな。縞枯山荘の名を使って、白戸を山に呼び寄せたという紫門君の推測は当たっていそうだ」

小室は、すぐに諏訪署に連絡するといった。

諏訪署員が指揮する捜索隊の十人が縞枯山荘に到着したのは、午後三時過ぎだった。その人数の少なさに紫門はがっかりした。

5

縞枯山荘に泊まった捜索隊に、紫門は参加した。きのうやってきた若いカップルも参加を申し出、山小屋の主人を加えての十四人は、山荘からロープウェイ山頂駅までの約七〇〇メートルの間の周辺を捜索した。

ロープウェイの職員に、二月十日に利用した客の中に白戸らしい男がいなかったかを尋ねた。その日、登山装備で上りに乗った客は十人ほどいたというが、赤いザックの男は記憶されていなかった。下りに乗った登山装備の人も同じぐらいの数だったというが、記憶に残る人はいなかったという。

捜索隊は、北側の坪庭にも入った。そこは熔岩のゴロゴロした自然の庭園であるが、現在は雪原に白い妖怪が立ち並んで、陽光に黒い影をつくっていた。

上空をヘリが飛んだ。午後四時半まで積雪を踏んで捜索したが、白戸の痕跡はまったく発見できなかった。

諏訪署では、冬期も営業している北八ヶ岳地域の山小屋へ、青い鈴の男に関する貼り紙をしたかを問い合わせた。が、答えは「否」だった。

白戸が縞枯山荘へくるつもりだったとは思われるが、これの確証はなかった。彼はまったくべつの場所へ向かったことも考えられるからか、諏訪署は捜索隊員を増員する意思はないようだった。

次の日、捜索隊は、縞枯山一帯を歩くことになった。

若いカップルは、「白戸さんが無事で見つかることを祈っています」と紫門にいって、帰った。彼らは来年もこの時季に縞枯山荘を訪れる予定だといった。

きょうはきのうと違って曇り空で、北西の風が強かった。降ってもいないのに、雪が舞う。

北斜面の樹林の中を、蛇行しながら山頂に向かった。十二人の捜索隊ではその数はいかにも少なく感じられた。

この日も、白戸の痕跡はなにも見つけられなかった。

きょうの捜索を打ち切って、山荘へ向かって下り始めると雪が降りだした。どうやら今夜からあすの朝にかけて積もりそうだ。白戸の痕跡はますます遠退《とおの》いていくような気がした。

紫門は、二日間の捜索の状況を、白戸の妻に電話で伝えた。妻は、白戸が家を出て行ってからの日数を数えているようだった。

夕食後、三也子に電話した。白戸が縞枯山荘を目ざして行ったのだとしたら、たぶん生きてはいないだろうと彼女はいった。紫門も同じようにみているし、捜索隊も彼の生存については絶望視している。

「あなたの推理のように、青い鈴の男が、山荘の主人をかたって、白戸さんを呼び寄せたとする。白戸さんはロープウェイを使ってくるけど、男は白戸さんの顔を知らないんじゃないかしら？」

「知らなかっただろうね」

「その日、ロープウェイでやってくる登山者は、白戸さんだけじゃなかったでしょ。男は、どうやって白戸さんを見分けたのかしら？」

「ロープウェイの職員の記憶では、その日の登山者は十人ぐらいだったという。全員が縞枯山荘のほうへ向かうわけじゃない。山荘方面へ向かいかけた人に、『白戸さんですか』ときいたんじゃないか」

「白戸さんを確認したあと、男はどこかへ連れて行ったのかしら？」

「連れて行くといっても、一面雪が積もっているし、登山道のすぐ近くは森林だよ」

紫門は、彼女ともっと話していたかったが、せまい山小屋のことだ。捜索隊員がストーブを囲んでいる。電話の声はすべて彼らの耳に入るのだ。

三也子にもその雰囲気が通じたらしく、「気をつけてね」といって電話を切った。

ストーブの前に戻ると、ウィスキーのボトルが回ってきた。紫門は自分のグラスに注《つ》ぐと、横にいる二十代の河西《かさい》という隊員に回した。河西は十人の隊員の中では最年少だった。

彼は、諏訪市の酒造所の三男だという。山岳遭難対策協会に所属していて、これまで数回遭難救助に参加したことがあったが、本格的な冬山の捜索は初めてだといった。

どうやら彼は、山岳救助隊に憧れているらしい。

「北アルプスの救助隊員は充足しているんですか?」

河西は、ウィスキーをチビチビ舐《な》めながら、低声できいた。

「充足とまではいかないね。四十代になるとやめる人がいるし、若い人のなり手が少ないんだ。いったん遭難が発生すると、何日も帰れないし、救助作業は危険だからね」

「ぼくでは入れないでしょうか?」

「体力はありそうだね。登山経験は?」

「大学では山岳部に入っていました。高校のときは、山の好きな友だちと、たまに八ケ岳に登る程度でした」

大学を出ると、東京の会社に就職して二年間勤務したが、人間関係のいざこざがあって退職し、諏訪市の実家に帰り、家業に従事して二年になる。大学の山岳部で、冬山を三回経験したきりだという。

身長は一八一センチの紫門よりやや低い程度だが、がっちりした体形だ。童顔のせいか、二十六歳には見えなかった。

「北アルプスの救助隊に入ったら、実家を出て、松本あたりに住んでいなくてはならないよ。出動命令が出たらすぐに豊科署か現場へ駆けつけなくちゃならない」

それを家族が認めるかどうかだというと、実家ではあまり重要視されていない人間だから、それは大丈夫だという。

希望するのなら、隊員となるテストを受けてみてはどうかと紫門はいった。

河西は、応募してみるといって目を輝かせた。

河西は、北アルプスの山岳救助隊員の紫門が、なぜ北八ヶ岳の縞枯山荘にいるのかときいた。彼はどのような経過で白戸豪の捜索をするようになったのかは知らなかった。

紫門は、河西にきかれて、ここへくるまでの過程を振り返った。

彼が動きだすきっかけは、昨年十月中旬の事件からだった。

夜間、穂高町の農道で東京の根岸淑子という女性が絞殺された。彼女は登山装備の男の写真を二枚持っていた。写真の背景が、横尾・涸沢間の本谷あたりということから、紫門らの救助隊員が写真を見ることになった。知っている男ではないかと刑事にきかれた。

紫門らの知らない男だった。

そのうち、殺された淑子がなぜ登山姿の男の写真を持っていたのかが分かった。

彼女の夫の根岸正継はその時点から二年前の九月、涸沢岳、奥穂岳間の岩稜で怪我をして動けなくなった。

その日は雨が降っていた。濡れた岩で足を滑らせたものらしい。彼は翌日、通りかかった登山者の通報で、救助隊によって収容され、松本市内の病院に運ばれたが、四日目に死亡した。冷たい雨に長時間当たっていたための衰弱が原因だった。

息を引き取る前日、根岸は、見舞いに訪れた友人の白戸豪にいい遺したことがあった。

岩稜で怪我をした日、現場を通りかかった登山者が一人いた。根岸はその男に、雨を避けられる岩の下まで肩を貸してくれないかと頼んだ。が、男は、自分も疲れているといい残して消えてしまった。その男には見覚えがあり、一度カメラに収めた覚えもある。青い鈴をザックに吊っていて、長身で髭が濃い、と話した。

ベッド脇でその話を淑子もきいていた。青い鈴の男が、わずか五、六〇メートル先の岩の下まで肩を貸して連れて行ってくれたら、こんなことにはならなかったと、白戸も淑子も思い、怪我人を見ながら立ち去った男を恨んだ。

紫門は刑事から、淑子の写真を見せられた。彼女の夫の妹が警察へ持参したものだった。

それを見た紫門は、見たことのある女性だと感じた。どこで見たのかを思い出した。地元に住む山岳写真家の久住保生が、上高地や安曇野で、登山者やハイカーを撮り、その写真展が催された。その作品の中に、淑子の写真が入っていたのだった。彼女の憂い顔が紫門の記憶に強く残っていたのだ。

久住は撮影中、淑子を三回見つけて、物陰からそっと撮っていた。彼女はいつもデイパックを背負い、人待ち顔だった。

このことから、彼女は夫を死なせたのは、青い鈴を持った男と確信し、夫のアルバムの中から、その男と思われる写真を抜き出して持ち、たびたび上高地周辺へ出掛けたと思われる。

山をやっている男なら、かならず出会えるとして、登山基地などで待っていた。彼女はナイフを携行していたらしい。目的の男に出会ったら、夫と自分の無念を晴らすために男を刺し、自爆する覚悟だったのだろうと思われる。

だが彼女は、上高地から離れた穂高町で無残な姿にされてしまった。青い鈴の男に出会ったからそうされたのかどうかは、分かっていない。

紫門は、淑子が持っていた写真の男をさがすことになった。恋人の三也子に協力を求めた。

彼女は、山岳救助隊の夏期常駐隊員として、涸沢に二期つとめた。その間、涸沢へやってきた多くの人と知り合った。女性隊員が珍しかったからで、マスコミの取材も受けた。

彼女は勤務の合間を利用して、涸沢で知り合った人たちに写真を見せて回った。その効果があって、淑子の持っていた写真は、藤坂という男だと判明した。

この段階で紫門は興奮した。もしかしたら藤坂は、怪我をして動けなくなっていた淑子の夫に手を貸さなかった青い鈴を持った男であり、淑子を絞殺した犯人ではないかと思われたからだ。

しかし藤坂は、根岸正継の最後の山行になった一九九四年九月、山に登っていなかった。淑子が殺された夜のアリバイも明確だった。青い鈴も持ってはいなかった。淑子が持っていた写真の男にはちがいなかったが、彼女とはなんの関係もないことが分かった。

淑子は、藤坂を青い鈴の男と思い込み、彼をさがしに何度も上高地周辺へ行っていたものらしい。そこを写真家久住のレンズの標的になった。どこかはかなげな彼女の顔と姿は、安曇野や上高地に似合っていた。

年が変わって二月初め、大町署管内の餓鬼岳で遭難者が発見された。紫門は応援で出動した。

餓鬼岳の手前で、白いケルンのかたちになっていたのは、なんと久住だった。彼は単独で真冬の餓鬼岳か唐沢岳を撮りに行ったものらしかった。

彼はカメラを二台背負って行ったが、そのうちの一台が故障していた。のちに強い衝撃によってフィルムの巻き取りが不能になったことが分かった。手首の骨折も衝撃のためにちがいなかった。

紫門は、山登りのベテランの久住の死に疑問を抱いた。完全な冬山装備をしていながら、山小屋の三〇メートル手前ですわり込んで凍っていたからだ。

凍っている久住を発見したパーティーの三人に、紫門は会った。登りの途中でなにかを見なかったかときくと、三人は下ってくる足跡に遭遇したと答えた。単独の大きな足跡が、樹林の中へ吸い込まれるように消えていたという。

紫門はその足跡を残した人間と、久住の死は関係があるとにらんだ。

その直後、白戸の行方不明を新聞記事で知ったのだった。

白戸は、根岸がいい遺した青い鈴の男をさがして、山小屋を歩いていた。昨年秋は、この縞枯山荘にも立ち寄って、さがしている男の話を主人にした。主人は白戸を何年も前から知っていた。白戸が帰ったあと、彼がさがしている青い鈴の男のことを、紙に書いて貼り出した。この貼り紙を最近見て、胆を冷やした人間がいた。それは青い鈴を持っている男で、怪我をした根岸正継を穂高の岩稜で見殺しにした男にちがいない。

「白戸さんの行方不明が、事件がらみではないかという疑いは持てます。何者かに山小屋の名を使って呼び出されたんですから。いま紫門さんのお話をきいていて分からないのは、久住さんの変死です。久住さんの変死は、たとえ事件であったとしても、根岸さん夫婦の件とは関係がなさそうですね」

紫門の話をきき終えると、河西はいった。

たしかに久住は白戸のように、青い鈴の男をさがしてはいなかったようだ。

五章　凶器の刻印

1

白戸豪の捜索は四日間で打ち切りとなった。はたして縞枯山荘へ向かったのかどうか怪しいという見方があったし、激しい吹雪が襲ってきたからだった。

紫門は、重い足を引きずって帰宅した。松本地方は小雪だった。どの方角にも山影は見えなかった。

豊科署へ行って、小室主任に白戸捜索のもようを詳しく話した。

「君の推測が当たっていたとしたら、山小屋の主人の好意が仇《あだ》になったな」

小室は貼り紙のことをいった。

紫門は、久住の遺体を発見した畠中らの話を伝えた。彼らの行く手を斜めに横切るように下っていた単独の足跡である。

小室はしばらく考え顔をしていたが、大町署に電話した。大町署では、久住を遭難死として処理している。足跡の話をきいて、事件性ありとみれば、刑事があらためて畠中らに会うのではないか。

しかし雪の面にあった足跡は、いくらさがそうとしても残ってはいない。証拠にはならないとして、畠中らの目に残っている記憶を取り上げないのではなかろうか。

久住は、何者かによって谷に突き落とされた。その衝撃が彼の手首を折り、カメラを破損させたのではないかというのは、紫門の想像である。紫門がたとえ刑事であっても、なんの裏付けもない推測は採り上げてもらえないだろう。

紫門は署の近くのそば屋で、遅めの昼食を摂っていた。

「紫門さん」

伏見刑事だった。彼の昼食もこれからだという。

「八ヶ岳へ行っていたそうですね?」

伏見は、小室からきいたといった。

紫門は、白戸豪の行方不明の疑問を話した。

「二階へ移りましょうか」

伏見は誘った。

二階は座敷だ。紫門は何度も上がったことがある。彼は食べかけの丼を持って階段を昇った。

「電話があっても、いないといってください」

伏見は、そば屋の主人にいった。

「白戸は、危険なことをやっていたものですね」

伏見の前にも焼き魚の定食が運ばれてきた。

「彼は、根岸正継を命の恩人としていましたから、根岸を見殺しにした男を、自分の手でさがし当てたかったんでしょうね」

「奥さんがあんな目に遭ったのを知っているのに」

伏見は、鮮やかな緑色をした野沢菜漬けを嚙んだ。

紫門は、久住の遺体を発見した畠中らの話も伝えた。

「雪上の足跡か……」

伏見はそういったが、感想をいわなかった。

「久住に関してですが、最近、重要な情報が入ったんですよ」

伏見は声を低くした。

「重要な……」

「根岸淑子が殺された夜、久住を東京で見た人がいるんです」

「十月十四日の夜……。たしか彼は、自宅で仕事をしていたと答えていたのでは？」

「そういいました。歯切れのよくない返事でした」

「隣りの家の人は、その夜、久住の仕事部屋に電灯がつかなかったといったんでしたね？」

「久住があの晩、自宅にいたというのは嘘だったろうとは思っていましたが、不在だったことを証明する人もいませんでした。しかし、なにか隠しているらしいとにらんだものですから、彼の行動をしばらく監視していたんですが、尻尾《しっぽ》を出さなかったんです」

「東京で彼を見たという話は、信用できるんですね？」

「彼を見た人は、東京でプロの使う写真機材を販売したり、貸したりする会社の社員で、久住を前からよく知っていました。声を掛けようとしたけど、その人は車に乗っていたし、久住が人を待っているようだったので、そのまま通りすぎたといっています」

久住が人待ち顔で立っていたところは、港区《みなと》六本木《ろっぽんぎ》のテレビ局の近くだった。意外なところにいるものだと思ったとその人は語ったという。久住が山で死亡したのを知り、昨年十月のことを思い出した。松本に住んでいる人が東京にいても少しも不思議ではないし、久住はときどき上京していたのだから、昨年十月の夜のことも気にはしなかった。ところが最近、久住と同じように山や自然を撮るのを得意にしている写真家から、久住の遭難には疑問があるらしいし、彼は穂高町の女性殺しの事件で疑われていたらしいという話をきいた。それで豊科署に通報してきたということだった。

「久住が六本木に立っていたのは、去年の十月十四日に間違いないでしょうね？」

紫門は、定食を食べ終えた伏見にきいた。

「そのことは通報してきた人に念を押しました。その人は納める物があってテレビ局に行く途中だった。納品伝票を見たから間違いないといっています」

「久住が立っていた場所の付近に、彼の知り合いでもいるんでしょうか？」

「それを奥さんにききましたが、知らないといわれました。十月十四日に、東京へ行っているかともきいたんですが、奥さんは覚えていないと答えています。久住はしょっちゅう出掛けているし、予定どおりに帰ってきたこともないので、どこへいつ出掛けたのか分からないということですし、確認のしようもないんです」

「久住は、根岸淑子が殺された夜のアリバイをきかれたとき、なぜ東京へ行っていたと答えなかったんでしょうね？」

紫門は首を傾げた。

「そこがおかしいですね。淑子の事件に関係がないのなら、どこそこにいたと、はっきり答えたほうが有利なのに」

伏見はそういって、ポットの湯を急須に注いだ。

「なにかの事件に関係があるんじゃないでしょうか。あるから、刑事にそこにいたといえなかったんじゃないでしょうか？」

「紫門さんは、久住が事件にどういうふうにからんでいたと思いますか?」

伏見は、紫門の湯呑みにお茶を注いだ。

「分かりませんが、久住は、自分は淑子を殺してはいない。だからいくら調べられても容疑者にされることはない。だが、その日、六本木にいたことはいいたくない、ということでは」

「なぜでしょう?」

「たとえば、淑子殺しとは関係はないけど、べつの事件に関係していたとしたら、いえなかったと思います。その夜、六本木にいたと答えたら、事実かどうかを警察では確認する。それをされては困ることがあったので、自宅にいたといい張ったような気がしますが」

「べつの事件……」

伏見はつぶやいて腕組みした。

紫門もお茶をすすって、しばらく考えていたが、

「事件とはかぎらないかもしれませんね?」

といった。

「たとえばどんなことでしょうか?」

「女性に会うために上京したとか」

「なるほど。奥さんに知られてはまずいことですね？」

「上京するのはかまわないが、六本木にいたことが奥さんに知られてはまずい」

「六本木ときいただけで、奥さんにはピンとくる……。でも、ぼくは奥さんに会って、久住が立っていた場所をはっきりいい、心当たりはないかとききましたよ。奥さんは、そんなところに知り合いはないと思うと答えましたが、不愉快そうな顔はしませんでした」

女性がいたのではないかといったのは、紫門の当てずっぽうだ。

階段を昇ってくる足音がした。

「伏見さんに、二回電話がありましたよ」

そば屋の女性従業員が階段の途中でいった。

伏見は膝を立て、

「餓鬼岳のほうから下っていた足跡は、男でしょうね？」

と、思い出したようにいった。

「足跡は大きかったということです」

「真冬に単独で餓鬼岳から下ってくる。これは男に決まっていますね」

伏見も、雪上の足跡のことが気になっているようだ。

夜、三也子に、伏見からきいたことを電話で話した。

「写真機材会社の社員が、六本木で久住さんを見掛けたのは、何時ごろなの？」

三也子がきいた。

「夕方の六時過ぎだったらしい」

「もう少し早い時間だったんじゃないかしら？」

「なぜ？」

「実際には六時前だったとしたら、特急列車で、穂高町まで行くことができたんじゃないかしら？」

「久住が、淑子を殺《や》ったというのかい？」

「そう」

「それなら久住は、その夜、六本木にいたと、アリバイをはっきりいうはずだよ」

「どう。穂高町へ行って、彼女を殺すことができなかったかしら？」

彼女は、紫門のいうことを無視するようないい方をした。

紫門は、列車の時刻表を開いた。

たとえば久住が、新宿発十八時三十分の特急に乗ったとする。これの松本着は二十一時二十五分だ。松本から信濃大町行きの各駅停車に乗り換えると、穂高到着は二十二時十分である。

「淑子の死亡推定時刻は午後八時半ごろだよ。とても間に合わない」

「その前の特急では？」

新宿発十八時がある。それの松本着は二十時五十七分だ。二十一時発の各駅停車に乗り換えると穂高着は二十一時二十五分だ。

「その社員が久住さんを見たのが、もっと前だったことも考えられるわ。車に乗っていて、久住さんだったって分かったということは、外が明るかったからじゃないかしら」

「外灯が明るければ、夜だって分かるよ」

「その人が見掛けたのが六時よりもずっと早くて、実際の死亡が、推定時刻よりも遅かったら、間に合ったかもしれないわ」

「解剖検査には、そんなに狂いはないよ。警察は解剖結果を基準にして捜査を進める。それがいい加減では、なんのための検査か分からないじゃないか」

「そうよね。解剖検査の信頼性は高いはずよね。……替え玉というのは、どうかしら？」

「久住が、自分に似ている男を、六本木のある場所に立たせておいたというのかい？」

「あとで警察にきき込みされるのを予想して、わざと目立つ場所に立たせたとしたら……」

「そういうことをしたとしたら、さっきもいったように、久住は刑事にきかれたとき、

『十月十四日の夜、私は六本木にいました』と、はっきり答えているはずだよ。それをいえなかったというのは、その日、その時刻に、そこにいたといえないなにかが、彼にはあったんだ」

「やっぱり犯罪に関係があるのかしら？」

紫門にはそうとしか思えなかった。

2

急に春が訪れたような暖かい日が二日つづいた。雪崩による遭難事故が気になっていた。

事故にそなえて豊科署に待機していた紫門に、諏訪署から連絡が入った。

横岳ロープウェイ近くの森林で、ブルーのダウンジャケットに、グレーのニッカズボンを穿いた男の遺体がコースを誤って迷い込んだスキーヤーに発見された。白戸豪の可能性があるとみて、署員が確認と収容にたったいま向かったという。

紫門は小室に、その連絡を告げた。小室はすぐに行ってこいといった。

紫門は顔から血が引く思いがした。彼は登山装備で出掛けることにした。

刑事課の伏見に声を掛け、北八ツへ行くことを話した。

諏訪署に寄らず、直接現場へ向かった。

ロープウェイのレストハウス下に、諏訪署の車が何台もとまっていた。そこにいた警官に、遺体発見現場はどこかときくと、「あなたはどういう関係の人ですか」ときかれた。身分を名乗ると、警官は無線で呼び掛けた。どうやら現場と連絡を取っているらしかった。

十分ほど待たされ、遺体発見現場を教えられた。ロープウェイに乗った。左側の斜面を、スキーヤーはなにごともなかったように滑っていた。

この前、白戸の捜索を指揮した救助隊の主任が、山頂駅に待っていた。彼は現場を指差した。そこは山頂駅の南に当たる森林帯だった。先日の捜索ではその辺りは歩かなかった。白戸はロープウェイを降りると、真っ直ぐ縞枯山荘へ向かい、その間で行方不明になったものと思っていたからだ。

二日間、気温が上昇したため、雪面はゆるんでいた。しかし積雪は深い。主任と紫門は、ピッケルを突いて現場へ急いだ。

ブルーのシートが木のあいだに張ってあった。二十数人がいて、五、六人がスコップで雪を掘っていた。スコップを持っている一人が河西だった。彼の額は汗で光っていた。

ブルーのダウンジャケットを着た遺体は、雪の上に敷いたシートに寝かされ、顔に白布が掛けてあった。

「白戸さんの家族には連絡しましたが、確認してください」

紫門は刑事に促された。

彼は白戸に、去年の十月下旬、一度会ったきりである。シートの上に膝を突くと、手を合わせた。

刑事が顔の白布をそっと取りのぞいた。

蒼黒い顔が現われた。笑っているようにわずかに唇を開いていた。その額には切り傷の跡があった。紛れもなく白戸豪だった。

「白戸さん。どうして、こんな姿に……」

彼の声は震えた。白戸の逆立った髪を、紫門は撫でた。白戸の口元はなにかを語りたがっていた。

縞枯山荘の主人がやってきた。宿泊客を送り出したところだといって、遺体の脇に正座した。彼も白戸に呼び掛けた。自分がよけいなことをしたばかりにこんな姿にしてしまったといって、さかんに謝った。彼が山小屋に、〔青い鈴の男に心当たりはないか〕と書いた貼り紙を出さなければ、白戸は死ぬことはなかったのにと、悔やんでいた。

白戸の顔に、紫門が白布を掛け、山小屋の主人と一緒に手を合わせた。

河西が、水色の毛糸で編んだ帽子を発見したといって持ってきた。たぶん白戸の物だろう。

三十分後、赤いザックが雪の中から出てきた。ピッケルがその辺りで発見された。着衣からも、ザックの中からも身元の分かる物は見つからなかった。

白戸の遺体はスノーボートに乗せられた。ロープウェイに沿った雪面を滑って下ることになった。

検視は諏訪署で行なわれるという。遺体が署に着くころには、妻と子供がやってくるのではないか。

紫門は、遺体とともに車に乗った。諏訪署に着いたが、家族はまだきていなかった。妻は警察から連絡を受け、学校へ行った子供を呼び戻したりして、手間どっているのではないか。

検視がすんで一時間ほどたったころ、白戸の妻と女の子に、中年の男が二人到着した。男たちは白戸の勤務先の同僚だった。四人は、会社の乗用車でやってきたのだった。

紫門は、刑事課で刑事に質問された。

彼は、白戸と根岸正継の出会いから話した。根岸は穂高での怪我がもとで、松本市内の病院で死亡した。息を引き取る前の日、白戸に、青い鈴をつけた男の登山者の話をした。翌年から白戸は、青い鈴の男に心当たりはないかと、山小屋を訪ね歩いていたことを説明した。

「私の想像では、根岸さんの奥さんも、青い鈴の男と出会うために、上高地へたびたび出掛けていたのだと思います。そうしているあいだに、奥さんは、穂高駅に近い農道で、何者かに首を絞められて殺されました」

紫門を囲んでいた三人の刑事は、同時にうなずいた。去年の九月、白戸が縞枯山荘へ立ち寄って、主人に青い鈴の男の話をしたのを、刑事はすでに小室からきいていたのだ。

「検視の結果、白戸さんは固い棒のような物で、からだを数カ所殴られていることが分かりました。おそらく、横岳ロープウェイを降りたところで、何者かに脅され、林の中に連れ込まれ、そこで暴行を受けたものと思われます。死因など詳しいことは、解剖で分かるでしょう」

遺体は、松本市内の大学医学部の解剖室へ運ぶという。

豊科署へ帰ると小室主任に、白戸が遺体で発見された現場と遺体の状況を詳しく話した。

「白戸は、殴り殺されたんだろう。気の毒にな」

小室は、紫門も青い鈴を持った男から狙われている可能性があるといった。

「ぼくが調べていることは、相手には分かっていないと思います」

「君はそう思っているが、相手は君の動きをキャッチしているかもしれないよ。当分、単独で動くことは慎むべきだな。気がついたことがあったら、刑事に相談したほうがいい」

小室はいったが、紫門には一緒に行動する人間がいない。刑事でもない彼に警察は相棒を提供してはくれないのだ。事件に関して、気づいたことや疑問を、ときどき伏見刑事に伝えてはいるが、それを捜査本部がすべて採り上げるとはかぎらない。紫門は所詮は素人探偵である。そういう者の推測を、多少は参考にするだろうが、捜査に乗り出したりはしていない。刑事の中には、捜査本部よりも紫門の調査のほうが先行しているとみれば、プライドを傷つけられたとして、彼の気づいたことを無視する人もいそうだ。小室もそれを気にかけ、紫門の動きを捜査本部に詳細に伝えていないようである。

白戸の解剖結果が報告された。死亡推定時刻は、二月十日の午前十一時ごろ。彼が家を出た日である。茅野まで列車で行き、そこからバスでロープウェイ乗り場に着いた。山頂駅を降り、縞枯山荘へ向かおうとしたところを何者かに呼びとめられ、たぶん凶器によって脅され、人目につかない森林帯に追い込まれた、という推測は当たっているだろう。

白戸は、首、肩、胴、足など十数カ所を固い棒状の物で殴られていた。凶器はピッケルではないか。殴られて彼は気絶した。ザックを取られ、ダウンジャケットのファスナーを開けられれば、三十分もしないうちに体温は急速に奪われていく。当日は吹雪だった。犯人にとってこの天候は好都合であったろう。

紫門は、白戸の霊に向かって胸の中で手を合わせ、瞑目《めいもく》した。命の恩人の根岸正継を死に追いやった男をさがし当てようとして、逆に殺されてしまった。

犯人とはいったいどんな人間なのか。いまどこで、どんな気持ちでなにをしているのだろうか。

紫門の胸の裡に、ムラムラと怒りが噴き上がってきた。頭に火がついたように熱くなった。根岸と淑子と白戸の無念が取り憑《つ》いたような思いがした。

あすの新聞には、白戸豪は撲殺された、という記事が出る。犯人は、遺体は容易に発見されないだろうと踏んでいたのではないか。

白戸は、身元の分かりそうな物をまったく身につけていなかった。おそらく犯人が抜き取ったものだろう。

彼の遺体は、コースを迷ったスキーヤーによって発見された。これは偶然である。そういうことがなかったら、彼は白骨になっても人の目につかなかったのではないか。登山者もハイカーも踏み込まない森林の中だからだ。

犯人が、もう五〇メートルも林の中に白戸を追い込んでいたら、雪が解けても彼は見つからなかったかもしれない。凶行当時は吹雪だった。これが犯人の距離感や地形を測る目を狂わせたのにちがいない。白戸の執念と霊魂が、一人のスキーヤーを林の中に呼び寄せたのだ。

諏訪市で一泊した白戸の妻子は、夫を山の見える松本で荼毘《だび》に付すことにした。紫門は火葬に参列することにした。参列者は一人でも多いほうがよいだろうといって、及川も行くことになった。

火葬場には河西がきていた。

紫門が河西を及川に紹介した。北アルプスの救助隊員を希望している男だというと、及川は河西を観察するように見てから、「ぜひ応募してください」といった。及川は、入隊希望者のテストをする一員である。

朝のうちの曇り空が嘘だったように、すっきりとした蒼空が広がり、北アルプスの白い山脈がくっきりと浮かんだ。斎場の上を、白い鳩が何羽も飛んだ。

た。

3

紫門は、大町市へ出掛けた。信濃大町駅前にはタクシーが五、六台乗客を待っていた。

ここにはタクシー会社が二社あることが分かった。

写真家の久住保生が、餓鬼岳に向かって入山したのは二月三日である。この日の朝、彼は前日タクシーを予約しておいて、四時ごろ家を出て行ったことが、妻の記憶で分かっている。たぶん彼は松本を四時三十二分に発つ急行に乗って、信濃大町に五時五分に着いただろう。

紫門は初めに訪ねたタクシー会社で、二月三日の早朝、白沢《しらさわ》登山口まで登山装備の客を送った運転手をさがしてもらった。

運転日報により、その運転手が分かった。Kという四十歳ぐらいの運転手は、無線で呼ばれ、三十分ほどして車庫へ戻ってきた。

「そのお客さんなら覚えています。何日か後の新聞で遺体で発見されたのを知って、あの朝のお客さんだったんだなと思いました」

紫門は、久住の写真をKに見せた。

「そうです。この人です。顎に髭を生やしていたので、よく覚えています」

「白沢登山口までは二十分ぐらいですが、その間、なにか話しましたか?」

「私が、こんな真冬に、どこへ登るんですかときいたら、餓鬼岳だといいました。ザックはトランクに入れましたが、大きくて重そうだったので、山には何日も入っているんですねときくと、写真を撮るものだから、荷物は重いのだといっていました」

Kは、髭を生やした乗客に、プロの写真家かときいた。すると乗客は、山岳写真集を何冊も出していると答えたという。

「あなたが信濃大町駅前で、髭のお客さんを拾ったとき、同じような登山装備をした人がタクシーを待っていたと思いますが?」

紫門はきいた。

「私より二、三台前のタクシーに乗って行った人もいましたし、写真家のあとにもタクシーを待っている登山者が何人かいたような気がします」

大町は登山基地だ。鹿島槍ヶ岳《かしまやりがたけ》などへ登る人がタクシーを待っていたのだろう。

Kはその朝のことをよく記憶していて、髭の写真家を乗せて白沢登山口に近づくと、彼の車の前に轍《わだち》があった。目的の登山口まであと二〇〇メートルぐらいのところで、先行していたタクシーが折り返してきた。Kと同じように白沢登山口まで登山者を送ったタクシーらしかった。彼はそれを自分の乗客にいった。髭の写真家は、「この時期に餓鬼へ登る人がけっこういるんだね」といった。

雪道はせまいので、折り返してきたタクシーと道を譲り合ったという。すれ違ったタクシーはべつの会社の車両だった。Kはその車に乗っていた運転手の名は知らなかった。

紫門はべつのタクシー会社で二月三日の日報を見てもらった。その朝、Eという運転手が白沢登山口まで客を送っていることが分かった。

Eは非番だった。市内の住所を訪ねた。

四十をいくつか過ぎたEは、くわえタバコで玄関へ出てきた。

紫門は座敷のコタツに通された。二十日あまり前のことである。Eは頭をひねっていたが、

「思い出しました。髭を生やした男の人が一人でした」

と答えた。

「髭を……」

「ええ。口の周りから顎に髭を生やしていて、サングラスを掛けていました」

紫門は、久住の写真をEに見せた。

「サングラスをしていたので、歳ははっきり分かりませんが、もう少し若い人だったような気がします」

Ｅは久住の写真を見ながら答えた。

「道中、なにか話しましたか？」

「どこへ登るのかって、私がきいたら、たしか唐沢岳《からさわだけ》だといったような気がします」

餓鬼の北西に当たる峰である。そのほかに男はなにも話さなかったようだったという。

「体格はどんなでしたか？」

「身長は紫門さんと同じぐらいかな。大きな人だなと思ったのを覚えています」

「服装とか持ち物で、覚えていらっしゃることはありませんか？」

「登山者ですからね。みんな同じような恰好で、これといった特徴はなかったと思いますが」

「帽子をかぶっていましたか？」

「キャップを目深《まぶか》にかぶっていました」

「あなたの車の前に、轍がありましたか？」

「その朝、白沢登山口へ行ったのは、私が最初だったと思います」

前の日の轍は、うっすらと雪をかぶって浅くなっていたという。

サングラスの男が先に登山口に着き、五、六分あとに久住が着いたようだ。

久住は、サングラスの男と一緒に餓鬼岳へ向かって登ったのだろうか。

畠中らの三人パーティーは、前の日に大町に着いて一泊し、七時ごろ白沢登山口を登り始めたといっている。その朝はさかんに雪が降っていた。登山口辺りで足跡を見たが、その朝のものなのか、前日のものなのか見分けがつかなかったようだ。

紫門は、Eの話をノートに控えた。久住よりも五、六分前に白沢登山口へタクシーで着いた単独行の男は、身長一八〇センチ程度で、運転手の目には長身というだけではなく、たいそう体格のよい男と映った。キャップを目深にかぶってサングラスを掛けていた。口の周りから顎に髭を生やしていた。久住も髭を生やしていたからまぎらわしいが、Eは久住の写真を見て、もう少し若く見えたといっている。久住は四十四歳だった。

紫門は、サングラスの男の荷物の大きさをきいたが、目立って大きいとは思わなかったといっている。大町のタクシー運転手は、四季にわたって登山者の服装や装備を見馴れているから、荷物が標準的大きさか、そうでないかを見分ける目を備えている。

豊科署へ行くと、山岳救助隊の部屋で及川が一人、五〇メートルロープを点検していた。ロープは救助のさい欠くことのできない用具である。アイゼンやピッケルのような、尖ったり刃のついた器具や、鋭利な岩角に当たった個所がないかを検《しら》べているのだった。落石などを受けたロープも危険である。遭難者を救助するだけでなく、隊員の生命にもかかわる山具だ。

救助隊では、一度でも長い距離を墜落したクライマーを支えたものや、二年以上使用したロープは使わないことにしている。

紫門は及川の横にあぐらをかき、大町のタクシー運転手からきいたことを話した。

「紫門さんは、久住より先に白沢登山口に着いた男が怪しいとみているんですね？」

「久住と同じころ、登山口に着いた人間がいるはずだと思ったから調べに行ったんだよ」

紫門は、大柄な男の特徴を話した。

及川は、膝にロープをのせてきいていたが、

「その男は、髭を生やしていたんですか」

といって、ロープを握り直した。

「身長は、ぼくと同じぐらいだというんだ」

「紫門さん」

及川は目を見張った。「ひょっとしたら、その男、青い鈴の男ではないでしょうか？」

「青い鈴の男も背が高いということだった」

「上背があって、髭が濃いということでしたね」

「そうだった」

「濃い髭を剃らずに伸ばしていたんじゃないでしょうか？」

「そうか。髭の濃いのは隠せないから、いっそ剃らずに伸ばしたのか。考えられるな。しかし……」

青い鈴の男と久住は結びつかない。

根岸正継は、青い鈴の男に見殺しにされた。その男をさがしていたのは、妻の淑子と白戸だ。二人とも殺された。犯人は、二人がさがしていた青い鈴の男にちがいない。だが、久住は青い鈴の男をさがしているようではなかった。根岸の友人でもなかったし、淑子と親しくしていたわけでもなさそうだった。久住は写真家として、たまたま見掛けた淑子が強く印象に残り、出会うたびに被写体にした女性である。彼女がなぜたびたび上高地周辺にきていたのかを、久住は知らなかったはずである。

「青い鈴の男に、久住は殺される理由がなさそうな気がするが」

「そうですね。背が高くて、髭の濃い人や、髭を生やしている男はいくらでもいますね。タクシーの運転手に、鈴のことをききましたか？」

「特に記憶に残るような物は、持っていなかったといっているんだ」

久住より一足先に白沢登山口にタクシーで着いた男が、青い鈴の男だったとしても、淑子を殺したあとは、鈴をつけては歩かなかったろう。

淑子を殺した犯人が、青い鈴の男だとは断定できない。夫の死後、彼女がたびたび上高地周辺を訪れ、誰かを待つような姿でいたから、夫を見殺しにした男をさがしていたにちがいないと想像しているだけである。白戸も同じことを考え、山小屋に心当たりの男を尋ねて歩いていた。それが禍いして北八ツで殺された。彼を殺害した人間は、間違いなく青い鈴の男か、その男に関係のある人間だ。

4

「白戸の事件について、さっき諏訪署から問い合わせがありました」

及川はいって立ち上がり、机の上のメモを摘まんだ。

「白戸を叩いた凶器がピッケルだったということは分かっていましたが、左頸部の皮膚に、ヘッドとシャフトを接合した、カシメ穴の跡が二つ鮮明についていて、シャフトに書かれていたと思われる文字が写っているというんです」

解剖室では、死因と死亡時刻を推定したあと、遺体に残った傷痕などを細かく分析したのだ。たとえば絞死（殺）の場合、どのような物で絞めたのかが、頸部の索溝内に残っている。布であれば、それの織り目が鮮明に印像《いんぞう》されているのである。それによって、頸部に巻きつけた物が、紐類か、手拭か、ネクタイか、ストッキングか、電気コードか、ロープかが判明する。

白戸の頸部には、五つのローマ字がかすかながら印像されていた。ピッケルのブレード部分に近いところにプリントされた文字が、反転して写っていたというのだ。

その文字は「garco」と読めた。ピッケルの名称だろうが、全部か一部なのかは明白でない。そういう名称のピッケルが存在するかどうかを、山具に詳しい救助隊員にきいてもらいたいという問い合わせだった。

「ガーコでしょうか？」

及川がいった。

「ガルコかな？」

「こんな名のピッケルがありますか。紫門さんは詳しいでしょう？」

「それほどでもないよ」

紫門は、二、三年前、山の情報誌を出している出版社が特集した「登山用具ベストグッズ」をロッカーから出して、ピッケルとハンマーのページを開いた。四ページにわたってピッケルとハンマーが写真入りで紹介されているが「garco」は載っていなかった。

学生時代、一緒に山に登っていた東京の友人に電話してきいてみたが、知らないという。

東京の出版社に電話できいた。やはり分からないといわれた。

署の車で、松本市内の大手スポーツ用具店へ行った。この店には、登山用具に通じた若林《わかばやし》という人がいる。その人に紫門は何度も会っていた。以前、冬の屏風岩《びょうぶいわ》でアイスハンマーが折れ、凍った絶壁に取りついていたクライマーが転落する事故が起こった。のちにそれは事故でなく、ある人間がクライマーを転落死させるのが目的で、ニッケルクロムモリブデンのヘッドを、百数十回も火に焙《あぶ》り、水に浸《つ》け、地面を何千回も強打し、本来の組織を破壊して、折れるように細工したことが判明した。その調査のときも、この店で若林にアドバイスを受けている。

「garco」という名称のピッケルがあるかを、紫門はきいた。

山具のエキスパートは首を傾げた。

紫門はスペリングを書いた。

若林は、紫門のメモをじっとにらんでいたが、

「この五文字は名称の一部じゃないでしょうか」

といった。

「この五文字がついたピッケルがありますか?」

「フランス製で、ガルソンヌというのが以前ありました。フランス語で『おてんば娘』とか、『男まさりの娘』という意味です。スペリングは『garçonne』です」

そうか。白戸の首には八文字のうち、ブレードに近い部分の五文字だけが印像され

ていたのか。

「以前あったというと、最近は製造していないということですか？」

「製造しているかどうかは分かりませんが、ここ十年ぐらいはまったく見なくなりました。高級品だったからだと思います」

「手作りだったんですか？」

「そのとおりです。国産もそうでしたが、昔のホワイトアッシュやヒッコリーシャフトのピッケルは、趣味の道具といった形態をしていましたね。それに比べると最近のメタルシャフトにゴムグリップを巻いたのは、たいてい真っ黒く塗ってあって。工具といった感じです」

「ぼくも真っ黒いのを使っています」

「みんなそうですよ。ヘタにヒッコリーシャフトのピッケルなんか持って登ったら、山小屋でマニアに盗《と》られてしまいますよ」

「ガルソンヌは、ヒッコリーシャフトじゃないですね？」

白戸の首にカシメ穴の跡がついていたというのを思い出した。

「メタルシャフトのもありました。私が見たのは、ヘッドもシャフトもピカピカに磨いてあって、シャフトに赤い文字で『garçonne』と入っていました。スマートで風格がありました。いま同じのがあったとしたら十万円以上はするんじゃないでしょうか」

　それはまさに趣味の道具だ。

「持っている人を知りませんか？」

　若林は考え顔をしていたが、

「紫門さんは、五味《ごみ》先生を知っているでしょう？」

「ああ、産婦人科の五味さん」

「あの方は、五十半ばまで山に登っていましたが、前から山道具を集める趣味がありました。国内の古いのも持っていますが、海外旅行のさいに買ってきたピッケルやハンマーを何丁も持っています。あの方ならガルソンヌをコレクションの一つにしていると思います」

　若林は、五味医師とは親しいらしく、電話できいてあげようといった。

　紫門は五味に会ったことはないが、この地方では、若いときにヒマラヤの山に登ったことで知られている。何度か海外遠征隊に、医師として参加したこともあるという話もきいている。

「ガルソンヌがあるそうです。いまならお宅にいらっしゃいますから、お訪ねになって、実物を見ていらっしゃるといい」

　五味産婦人科医院は、旧開智《かいち》学校のすぐ近くだった。自宅と診療所は隣り合わせていた。娘婿《むすめむこ》が医院を継ぎ、五味は悠々自適の生活を送っているという話である。

紫門は応接間に通された。彼のくるのを待っていたらしく、ストーブが燃えていた。壁には山頂を水平に切り取ったような山の油絵が飾られていた。

五味は七十半ばだ。豊かな白髪をオールバックにしていた。思ったより小柄で、丸い顔に笑みを浮かべて応接間に現われた。

「立派なお仕事をなさっているんですね」

五味は紫門の名刺を見ていった。

「この山は……」

紫門は油絵のほうを向いた。

「チョゴリザです。カベリ氷河からの南面を描いたものです」

五味は目を細くしていった。

「登られたことがあるんですね？」

「三十一年前の夏に挑戦しましたが、六五〇〇メートル地点で、悪天候のために動けなくなりました」

撤退したのだという。登頂した山の写真や絵を飾っている人は多いが、五味は何年間も憧れ、やっとメンバーを集めて挑むことができたが、自然の猛威に克《か》てず、やむなく撤退した山を、知り合いの画家に描かせていた。それは挑戦しつづけるという意欲を鼓舞しているようでもあった。

山具の話になった。五味の目がますます細くなった。

「二階へどうぞ」

収集家はソファを立った。

案内された部屋は、十二畳ぐらいの広さの洋間だった。中央に年代物のダルマストーブを据え、山小屋の雰囲気をだしていた。壁には、ピッケルやアイスハンマーが五十丁ぐらい吊ってあった。手入れが行き届いていて、どれも光っている。紫門の友人の山具コレクターは、カンジキ、ワラジ、ヘルメット、ロープなどを、古びたゴザの上に並べているが、ここはまるで博物館の風情がある。

五味は、最近の山具には興味がないらしく、並べてあるのはどれもかなり年数を経ている物である。長年にわたって使ったらしいアイゼンもあった。

「これがガルソンヌです」

五味は腕を伸ばして、光ったシャフトのピッケルを壁からはずした。使ったことのない物らしく、どこにも傷がなかった。ピックは細く、ブレードは薄かった。ヘッドは長めである。

「スマートですね」

シャフトも細くて軽くできている。紫門が初めて見る物だった。

五味はこれを、フランス旅行のさいに買ってきたといった。

「おてんば娘という意味だそうですね？」

「おてんば娘どころか、貴婦人と呼びたいくらいです」

「そのほうがぴったりです」

ヘッドの頂点から五センチと七センチぐらいのところに、カシメ穴が二つあった。二つめのカシメ穴から二センチほど下がったところに「garçonne」の文字が緑色で入っていた。この八文字は浮き上がっていた。ハーネスは角ばっていて、スピッツェは黒くて鋭く尖っている。

「若林さんの話ですと、最近は国内の店では扱っていないということですが？」

「実用にしては値段が高すぎるし、一見、華奢《きゃしゃ》な感じがしますから、売れないのでしょうね。メーカーでも、現在こういう物を作っているかどうか」

「持っている人がいるとしたら、その数は知れたものでしょうね？」

「ごく少数だと思います。東京の山具店が、アクセサリーに置いていたのを見たことがあります。それを見たお客が欲しいといえば、フランスのメーカーから取り寄せたでしょうね」

「先生がご覧になった東京の山具店を、覚えていらっしゃいますか？」

「四谷《よつや》の『美岳荘《みたけそう》』だったと思います」

岳人にはわりに知られている店だ。山の情報誌で広告を目にすることがある。

紫門は「ガルソンヌ」を軽く振ってみた。

白戸を殺した犯人は、これと同型のピッケルを握って、吹雪の中で彼の首を叩いたのだろうか。凶器がピッケルと分かったとしても、まさか名称の文字が、皮膚に印像されるという知識はなかったにちがいない。

「紫門さんは、『ガルソンヌ』をお買いになりたいのですか？」

五味はきいた。

「このピッケルの名を知りませんでした。山で起きたある事件で、これに似た物が使われたと知って、どんな物かを実際に見たかったものですから」

紫門は曖昧な答え方をし、握った部分をハンカチで拭うと、五味の手に返した。

部屋の隅には、厚いアルバムが何冊も収まっていた。紫門はそれを見せてもらいたい誘惑にかられたが、それをしたらこの家に何時間も釘づけにされそうな気がした。

五味は、うまい紅茶を淹《い》れるがどうかといったが、あらためて伺うといって頭を下げた。コレクターは暇を持てあましていたようで、話し相手が欲しそうだった。

5

署に戻った。及川はまだロープの点検をしていた。

及川も「ガルソンヌ」を見たことがなかった。やはり趣味の道具だからだろう。

紫門は、東京の美岳荘へ電話し、「ガルソンヌ」のピッケルを扱っているかときいた。

若い店員が出たが、中年男の声に代わった。

「ずっと前に扱ったことがありますが、現在は置いていません」

「何年ぐらい前まで扱っていましたか？」

「輸入しなくなって、十年にはなると思います」

「それまでは何丁も売れたんですね？」

「うちの店で売れたのは、四、五丁です」

輸入元をきくと、美岳荘だという。それならどこの店が扱ったか分かっているだろう。

「うちのほかは、東京の二店と大阪の一店です」

「全部で何丁ぐらい輸入されましたか？」

「三十丁です」

「全国で、そのピッケルを持っている人は少なくとも三十人はいるということですね？」

「外国で買ってきた人がいるでしょうから、実際の数は把握できません」

「おたくの店から直接買ったお客さんの名前は、記録されていますか？」

記帳してあるから、必要なら調べるといった。

十五分ほどしてファックスが送られてきた。美岳荘で「ガルソンヌ」を買ったのは五人だった。五人の住所は、東京都内と横浜市と埼玉県浦和市だった。

紫門はもう一度電話し、「ガルソンヌ」を扱った三カ所の山具店名をきいた。いずれも名の知られた登山用具の老舗《しにせ》だった。

三カ所の店に電話し、「ガルソンヌ」を買った客の氏名と住所を記録しているかときいた。東京の一店と大阪の店は記帳してあるといって、ファックスでリストを送ってよこした。美岳荘で打ったのを合わせると、「ガルソンヌ」を買った人が二十三人判明した。あと七丁を買った人は不明だが、諏訪署の刑事課にリストを転送した。

すぐに電話で返事がきて、「そこまで短時間によく調べられたものだ」といわれた。

諏訪署で二十三人の二月十日のアリバイを調べることだろう。その日のアリバイが不確かな人については、「ガルソンヌ」を現在、あるいは最近まで所有していたかを確認するだろう。

「二十三人の中に、白戸殺しの犯人がいたとしたら、事件は一挙に解決に向かいますね」

及川がいった。

「いたとしたら幸運だな。犯人にとっては不運だが」

紫門がいった。

小室主任が外出から戻ってきた。

紫門は、大町のタクシーを調べていたことと、ピッケルの件を話した。

「懐かしい名だな」

小室は「ガルソンヌ」を知っていた。何年か前、涸沢で一度見たことがあるという。

「涸沢貴族が持っていたんですね？」

「金持ちらしい五十代の男がな。夏山だというのに、いかにも見せびらかすように、雪渓を突いて歩いていたのを覚えているよ」

「嫌味なおやじですね」

及川がいった。

「その紳士は、手作りの革ケースにそれを収めて、山を下って行った」

「それを見せたくて、涸沢へやってきたんでしょうね」

「そういう紳士がたまにいるよ」

小室はいったが、急に真顔になって、

「単独での行動は慎むようにといってあるじゃないか」

と、紫門をにらみつけた。

紫門と及川は、顔を見合わせて首をすくめた。


諏訪署は、三日間の捜査結果を連絡してきた。都内と大阪市内の山具店から「ガルソンヌ」のピッケルを買った二十三人について調べたところ、二十一人がそれを現在も所有していた。二人は死亡しており、知人の手に渡っていた。全員の二月十日のアリバイを、各所轄署が確認したが、その日の所在が曖昧な人はいなかったという。

美岳荘では、フランスのメーカーから三十丁を輸入して、完売している。が、都内の一軒の山具店には買った人の記録がなくて、七丁の所有者が不明である。その中に白戸を殺した人間がいる可能性があるが、突きとめることができない。

だが全国には五味医師のように、外国で「ガルソンヌ」を買ってきた人がいる。その数は不明であるし、氏名や住所をさがし当てることはむずかしいだろう。

諏訪署では「ガルソンヌ」を所有者の一人から借り、白戸の頸部に印像されていた「garco」の文字やカシメ穴の位置を照合した。その結果、皮膚に残った文字のほうが、実物よりもやや大きく、カシメ穴の位置も多少違っていた。「ガルソンヌ」のピッケルは手作りであるから、多少のバラつきがあるのではないかということになった。

凶器が何であったかは明白になったが、所有者全員を突きとめることは、ほとんど不可能なようだ。

「一般の登山者が持っていないような青い鈴をつけていた男が、高級品のピッケルを持っている。なんだか山具の収集家のような気もするな」

小室がいった。

「山具の収集家をさがし出すことも、むずかしいでしょうね」

紫門は首をひねった。

「五味先生のような人なら、周辺の人たちに知られているだろうけど、ピッケルを二本や三本持っているような人だと、さがし出すのは無理だろうな」

新聞各紙は、犯人が白戸殺しに用いた凶器はピッケルで、それはフランス製の「ガルソンヌ」という高級品だと、同型のピッケルの写真を載せて報じた。

諏訪、豊科両署は、これの反応を期待した。「ガルソンヌ」を愛好している人たちは眉をしかめただろうが、一般の人から、「同じ物を持っている人を知っている」という通報を待ったのである。

ピッケルの写真が新聞に出た次の日から、諏訪署には期待したとおりの通報がいくつも入った。捜査員はそれに応じて、持っている人の身辺を調べた。その中には、長身で髭の濃い人や髭を生やしている人もいた。だが、所有しているピッケルが異なっていたり、二月十日のアリバイが明確であったりで、被疑者は浮かんでこなかった。

夜、紫門は三也子と、いつものように電話で話した。

「こういうことが考えられないかしら？」

彼女も推理好きである。

「どんなこと？」

「白戸さんを殺した犯人は、頭のいい人間なの」

「殺人事件の犯人は、たいてい頭がいいよ。ただ、どこかが少し狂っているか、歪んでいる。だから殺人によってことを解決しようとする。君は、犯人はどんなふうに頭がいいと思う？」

「山具に詳しくて、『ガルソンヌ』を知っている人。それの本物は持っていない」

「偽物を持っているっていうのかい？」

「似た物を持っているか、似た物を最近買ったの。それのシャフトに『garçonne』とペンキで厚く書いたの」

「じゃ犯人は、それで叩けば皮膚に文字が印象されるのを知っていたというわけだね」

「そう。そうすれば、本物の『ガルソンヌ』を持っている人が疑われる」

「なるほど。一種のトリックだね」

「もしもわたしが殺《や》るとしたら、それぐらいの細工はするわ」

「君は背が高いから、男に化けることもできるしね」

「声は隠せないけど」

「君のいう細工をしたとしたら、ピッケルを持っている人をすべて疑わなくてはならない」

「そこが犯人の狙いよ」

「あしたそれを、諏訪署の刑事に話してみようか？」

「捜査の意欲を失くすでしょうね」

紫門は、大町のタクシー運転手Eが、信濃大町駅から白沢登山口まで送った男のことをあらためて話した。

「髭を生やしていた背の高い男の人ね。あなたは、その男が、久住さんの死亡に関係していそうだっていったわね？」

「それをずっと考えているんだ。髭の男はなんとなく青い鈴の男に似ているような気がするから」

「だけど、根岸淑子さんと白戸さんが殺された事件と、久住さんの遭難は関係がないみたいよね」

「だから考えているんだが、もしかしたら、どこかでつながっているんじゃないのかな？」

「つまり、Eという運転手さんが乗せたお客は、青い鈴の男じゃないかって考えているんでしょう?」

「そうなんだ。Eが乗せた客が青い鈴の男だったとしたら、久住は殺された疑いが濃厚になる」

しかし久住は、白戸のように青い鈴の男をさがしているようではなかった。

それを紫門、いや警察も気づかなかっただけで、久住は、長身で、髭が濃くて、青い鈴をザックに吊って山を歩いていた男を、追っていたのだろうか。

こういうふうにも考えられる——久住は、青い鈴の男を特定した。どういう過程で分かったのかは不明だが。

彼は、その男が餓鬼岳へ登る情報をキャッチした。そこを尾行する気になったのではないか。だから二月三日の朝、何分か遅れて白沢登山口へ着いた。すでに男は雪山を登り始めていた。山中で一泊し、次の日、餓鬼岳に近づいたところで男をつかまえることができた。

紫門はそんなふうに考えてみたが、それだと久住が登りながら撮った写真はなんだったのかということになる。人物が入っている齣は一つもなかったし、久住がなぜ男を追ったのかについても、推理は及ばなかった。

六章　稜線《りょうせん》の死角

1

紫門は寝床に入ったが、珍しいことに眠気がさしてこなかった。寒中の山のテントでも、眠れないことはめったになかった。目を瞑《つぶ》って、しばらく風の音をきいていた。三月に入ったが、松本にはまだ雪が降る。夕方から吹き始めた風が雪をはこんできそうなほど今夜は冷え込んでいる。

彼はふと、ある人の言葉を思い出した。

その人は、東京・江戸川区の自動車整備工場に勤めている河野堅司という男だった。去年の六月、河野は奥穂から西穂側の天狗のコルへ向かっていた。そこから岳沢《だけさわ》を経て上高地へ下る予定だった。

西穂側を向いて写真を撮っているとき、左側斜面にカチッという音を二、三度きいた。落石だった。岩の急斜面に男の登山者がいた。その男に、稜線で発生した落石が当ったようだった。

次に彼の視界に女性が二人入った。二人の女性は急斜面をいったん下りかけたようだったが、岩陰に見えなくなった。のちに二人の女性は母娘だと分かった。

そのようすから、稜線を歩いていた女性が浮き石でも踏んで、落石を発生させた。それが急斜面を登っていた男の頭か肩に当たったのだと判断した。落石を受けた男は、しばらく岩にしがみついていたが、力尽きたのか、ズルズルと滑り始め、やがて見えなくなった。

河野は、彼のいるところへ寄ってきた登山者とともに岳沢ヒュッテへ下り、落石を受けて転落したと思われる登山者のことを通報した。

このとき紫門は、他の隊員とともに上高地にいた。通報を受けて、怪我人の救助に向かった。が、落石を受けた男は、転落して死亡していた。

河野は上高地で新聞記者に質問された。落石事故の目撃者だったからだ。彼は自分の目に映ったままを話した。その談話は新聞に載った。後日、思いがけないことが起こった。彼の目撃談は誤っているという反論が新聞に載った。反論したのは、松本市に住む写真家の久住保生だった。

新聞社のセッティングによって、河野と久住は直接顔を合わせることになった。

河野は、落石を発生させたのは二人の女性のどちらかだった。過って石を落としたのはしかたのないことだったが、ただちに稜線を下りて、怪我人を救助すべきなのに、二人はいったん下りかけながら、怪我を負わせたのが恐くなってか、その場を立ち去ったことを責めた。

ところが久住の目撃談は異なっていた。自分は斜め上方からズームレンズで、二人の女性に焦点を合わせていたし、撮影もした。二人は怪我人のいるところまで下ったが、どうにもならないと思ったらしく、その場を離れたもので、怪我人を見捨てて立ち去ったのではない。この写真がそれを証言しているといって、写真を何枚も見せた。

紫門が思い出したのは、河野の次の言葉である。

「なにかの意図があって、現場を立ち去った母娘をかばっているようでした。名の知れた写真家といいますが、あの人は、油断のならない目をしていました」

何度か思い出した言葉だったが、今夜の紫門にはなぜか気になった。久住がもし、この母娘を、「かばって」いたとしたらどうなるのだろうか。

紫門の頭は冴え、ますます眠れなくなった。

もらい物のウィスキーを二杯飲んだが、河野に、「調べてみる必要がある」といわれているような気がした。

カーテンの端を摘まんで外をのぞいた。案の定、雪が斜めに降っていた。

彼は上京を決めた。目覚まし時計をセットした。妙なことに、突如眠気がさしてきた。

朝は雪がやんでいた。だが空の色は、本降りになるのはこれからだといっていた。列車で新宿に着くと、小田急線に乗った。去年の六月、穂高で落石を発生させたとみられている島崎和歌子と娘佐織の住所は、地図で見当がついていた。二人の名前と住所を教えてくれたのは信濃日日新聞の深町記者である。

各駅停車しかとまらない駅で降りた。花屋で島崎家の所在地をきいた。緩い坂を登りきったところだと教えられた。

駅から七、八分でそこに着けた。母娘は、小ぢんまりした家かマンションにひっそりと暮らしているのではないかと、彼は勝手な想像をしていたのだが、門の柱に「島崎」という表札の出ている家を見て驚いた。

その家は、一メートルぐらいの高さに石を積み、太い割り竹の垣根で木造二階建てを囲んでいた。垣根はそう古くはなかった。道路からは二階の一部が見えるだけだった。庭があるらしく、マツの枝が垣根の上に出ていた。両隣りの家はブロック塀で、島崎家と比べると貧弱に見えた。

深町の話だと、島崎和歌子は当時四十二歳だったというが、彼女の夫はいったいなにをしている人なのか。

坂道をたまに車が下ってくるが、歩いている人はいなかった。どこできき込みしようかと迷っていると、郵便配達が自転車でやってきた。島崎家のポストにも隣家にも手紙類を入れて去って行った。もの音のしない閑静な住宅街だ。

小型車がきて、隣家のインターホンを押した。ブロック塀の木戸が開いて、主婦らしい人が宅配の小荷物を受け取った。

これでその家には人がいることが分かった。
四、五分たってから今度は紫門が、インターホンを押した。島崎家にきかれないように、低い声で用件を告げた。玄関の戸が開く音がして、さっきの主婦らしい人が木戸から顔を出した。
紫門は、長野県の山岳救助隊員の者だと名乗り、島崎家のことを少々伺いたいといった。

「島崎さんが、山でなにかあったのですか？」

肉づきのよい主婦は丸い目をした。

ある山岳事故に関係があるらしいのでと、言葉を濁した。

「島崎さんは、山がお好きですからね」

主婦は和歌子の趣味を知っていた。

娘の佐織も登山をやるらしいがときくと、

「お二人で、ときどき山へ出掛けられるようです」

といった。

「島崎さんのご主人は、なにをなさっている方ですか?」

「ご存じなかったのですか。ご主人は、もう三、四年になるでしょうか、ご病気で亡くなられました」

主人は、高級レストランを、東京、大阪、札幌で経営していた。死亡後は、島崎の親戚が引き継いでいるらしいという。島崎と和歌子は二十歳ぐらい離れていた。佐織は島崎と和歌子のあいだの一人娘だったが、彼には他所の女性との間にできた子が二人いた。彼の死後、遺産分与の問題が持ち上がり、和歌子と二人の子の母親との間で、トラブルが生じたようだと、主婦は語った。

和歌子は、夫が経営していたレストランにはいっさいタッチしておらず、都内で美容院を二カ所に持っていた。現在もその店は維持しているようだという。

美容院はどこにあるのかときくと、大田区田園調布《でんえんちょうふ》と、港区六本木で、双方とも同じ名称だということが分かった。

紫門は主婦に礼をいって帰ろうとすると、「奥さんもお嬢さんも、とてもきれいな方ですよ」といい足した。

道路に出ると、あらためて島崎家の竹垣を眺めた。隣家の主婦から話をきく前よりも、島崎家が大きく映った。

駅に向かって歩くうち、和歌子の経営する美容院の一店が六本木にあることに気づき、はっとした。その店をそっと見る気が起こった。

駅の電話ボックスには電話帳が置いてあった。さっきの主婦に教えられた和歌子の店の名をさがした。その住所は六本木六丁目だった。

紫門は、地下鉄を六本木で降りた。地図を見ながら美容院をさがし当てた。

その店は白いビルの一階にあった。入口の窓際に、鉢植えの花がいくつも並べられていた。従業員が何人もいそうに見えた。すぐ近くの路上にテレビ局の名の入った車が二台とまっていた。一〇〇メートルほど先がテレビ局である。

十日ばかり前、豊科署の近くのそば屋で、伏見刑事からきいた話を思い出した。

去年の十月十四日の夕方——それは根岸淑子が穂高町の農道で絞殺された日である。写真家の久住が、六本木のテレビ局の近くの道路端に立っていたのを、都内の写真機材会社の人が車の中から見掛けていた。久住は人待ち顔だったという。

久住は、以前に起きた婦女暴行未遂事件で、豊科署からにらまれていた男である。淑子の事件でも、彼は疑われた。淑子を三度にわたって撮影しているからだった。

彼女が殺された夜、どこにいたかを彼は刑事にきかれた。すると、自宅で仕事をしていたと答えた。ところが隣家では、その夜、久住の仕事部屋には一度も電灯がつかなかったと証言した。彼が仕事部屋にいるかいないかは分かるのだという。刑事は再度、久住にその夜の所在を尋ねたが、前言を変えなかった。

彼は、餓鬼岳で変死した。遭難事故として処理されたが、紫門にはいくつかの疑問がある。

彼の死亡を知って、写真機材会社社員が、警察に通報してきた。去年の十月十四日夕方、久住を六本木のテレビ局近くで見たといったのだ。

六本木に、知り合いでもいるのかと、刑事は久住の妻にきいた。彼女は知らないと答えた。その前に刑事は、十月十四日の夜、久住は自宅にいたかを妻にきいていた。彼女は覚えていないといった。警察では、家族の証言を一〇〇パーセント信用していない。

刑事は写真機材会社社員に、六本木の路上に立っていたのは久住に間違いないかと、念を押したが、間違いなく久住だったと答えた。久住は顎に髭を生やしているし、特徴のある顔立ちだ。見違える風貌ではないと、社員は自信をもって答えているという。

刑事に十月十四日夜のアリバイをきかれた久住は、淑子殺しに関して疑われているなと感じたはずだ。それなら、その夜は東京・六本木にいたといえばよいし、もしも人に会っていたらその人の名を答えればよいのに、自宅で仕事をしていたといい張った。つまり彼は、その夜の所在を明白にしたくなかったということになる。

なぜそれをいうことができなかったのかについては疑問だ、と伏見刑事はいっていた。

紫門は、十月十四日当夜、久住が立っていたのは、この辺りではないかと見当をつけた。そこは島崎和歌子が経営している美容院の近くである。久住は、和歌子に会うために、彼女の店の近くに立っていたのではないか。

彼には、和歌子に会うために近くへ行っていたといってはまずい理由があったのだろうか。

紫門の頭にはまたも、河野のいった、「母娘をかばっているようだった」という言葉が蘇った。

もしかしたら久住と和歌子は、例の落石事故の前から知り合っていたのではないか。知り合いの彼女が落石を起こしてしまった。落石を受けた登山者は見知らぬ人だった。だから彼女と娘をかばったのか。

それとも、事故のあと、彼は彼女から、もしもことが大きくなったとき、自分たちは怪我人を助けようとしたのだと証言してくれないかと、頼まれたのか。そうだとしたら、和歌子は、落石を発生させた現場に着く前に、岩稜のどこかで久住と会っていたことも考えられる。

いや、現場に着く前に和歌子母娘と会っていたとしても、落石が起き、彼女と佐織が急斜面を下る場面を、カメラでとらえるというのは、偶然すぎるような気がする。

やはり久住は、たまたま登山者を撮っていたら、女性が二人、急斜面を下り始めたのを見て、なぜあんなところを下っているのだろうという疑問が、レンズを向けさせるきっかけになったというほうが自然である。

紫門は、久住と和歌子が落石事故をきっかけにして知り合った場合を考えた。

和歌子は、落石事故を撮っている人がいたことは知らなかったはずだ。だから彼女が久住に接近したことは考えられない。

久住なら、彼女に接近することは可能だ。なぜなら彼は、自分が撮った決定的瞬間の写真を持ち込んだ新聞社で、和歌子母娘の名前や住所を聞き出すことが可能だった。

紫門は、和歌子がどんな人柄なのかを知りたくなった。人となりを知れば、久住との間柄の見当がつきそうな気がした。

2

夜を待った。午後八時、六本木の和歌子がやっている美容院の斜め前に立った。客は一人もいないようだった。

隣りのブティックがシャッターを下ろした。反対側のレストランからは、二組の客が出てきて、左右に別れて行った。レストランの店内がガラス窓をとおして見えたが、二、三組の客が入っているだけだった。

美容院の窓にブラインドが下ろされた。男が二人出てきた。従業員のようだった。

十分ほどして、女性が一人ずつ出てきたが、美容院の灯《あか》りは消えなかった。

室内の灯りが消えたのは九時だった。黒いコートに黒いパンツ姿の若い女性が、出入り口のドアに鍵を掛けた。これで全員が帰ることになったらしい。経営者の島崎和歌子はこの店に毎日はこないのか。

若い女性は、紫門がいるほうとは反対側へ行きかけた。彼は呼びとめ、信用をさせるために名刺を出した。

髪を短くした彼女は、わりに背が高かった。街灯の明かりで紫門の名刺を読んだ。

「山岳救助隊……」

彼女はつぶやいて、紫門の顔を見上げた。

彼が話をききたいというと、どんな用件かときき返した。二十二、三歳ではないか。目が大きく、鼻が高く、唇が薄かった。

「美容院の経営者は、島崎和歌子さんという方ですね？」

「そうですが……」

「その方のことについて……。島崎さんは山に登るのをご存じですね？」

「はい」

「去年ですが、北アルプスで重大事故がありました。その事故に関係している島崎さんのことを、ご本人には内緒で調べています」

近くでお茶を飲むか、よかったら食事しながら話をききたいといった。

彼女は、黒のショルダーバッグを肩から下ろして、ベルトを摑むと、短時間ならよいといった。

「七、八分歩きますが、いいですか？」

なるべく静かな店がいいのだがというと、彼女は先に立って歩き出した。

紫門は肩を並べた。彼女の髪はツヤツヤと光っていた。

救助隊というのは、遭難者を救助するだけでなくて、調査までするのかと、彼女はときどき紫門の顔を見上げてきいた。

「警察の交通課員が違反の取締りと事故処理だけでなく、たとえば轢《ひ》き逃げなどがあった場合、その車両をさがし出したり、検査をしたりしますね。それと同じです」

紫門は出まかせをいった。

しかし彼女は納得したようだ。

彼女が案内した店は、照明を絞った小さなレストランだった。入口に午前二時まで営業していると書いてあった。

テーブルに向かい合うと紫門は彼女の名をきいた。春日井《かすがい》キヨ子だと名乗った。

彼女は、この店はパスタがうまいといって、メニューを彼に向けた。彼は彼女と同じ物を頼んでもらうことにした。

「島崎さんは、毎日おいでになるんですか？」

紫門は、彼女のためワインを頼んだ。

「週に二回ぐらいでしょうか」

和歌子は美容師ではなかった。だから店に出てきても、客の髪に触れることはない。

「田園調布のお店も、六本木と同じぐらいの規模ですか？」

「うちの店は従業員が五人ですが、あっちには八人います」

キヨ子は田園調布の店に何度か行ったことがあるといった。六本木の店とは客層が異なるという。

紫門は、和歌子の性格をきいた。

「性格ですか。よく分かりません。お店にくると挨拶するだけで、そんなに話したこともありません。とても感じのいい人ですよ」

「きれいな方だそうですね？」

「お会いになったことはないんですか？」

「人からきいているだけです」

「顔立ちはいいし、スタイルもいいし、目立つ人です」

「それで美容院経営をなさっている。うらやましいような方ですね」

「独身です。お嬢さんがいますけど」

「独身……」

紫門は驚いて見せた。

「わたしがあのお店に入る前ですが、島崎さんのご主人は、病気で亡くなったということです」

「お嬢さんは、実のお子さんですか？」

「そのようです。島崎さんは、学生だといっていますが、中退したんじゃないかと思います」

なぜ知っているのかときくと、店で噂をきいたのだという。

「島崎さんもお嬢さんも、山登りをするのを知っていますか？」

「お嬢さんもですか。それは知りませんでした」

キヨ子は、グラスワインを舐めるようにして三分の一ほど飲んだ。飲《い》ける口ではなさそうである。

薄い緑色をしたパスタが運ばれてきた。彼女は食べつけているらしく、器用な手つきでフォークを使った。

「最近の島崎さんに、変わったようすは見えませんか？」

「分かりません」

「去年の六月ごろはどうでしたか？」

「ずい分前のことですね」

彼女はフォークを持つ手をとめた。

「去年六月、島崎さんは、お嬢さんと一緒に北アルプスに登りました。そのとき、ある事故に遭遇したんです」

「注意して見ていたわけじゃありませんので、覚えていません。山でどんなことがあったんですか？」

「長野県と岐阜県の県境が、切り立った稜線になっています。そこを二人は南に向かって歩いていましたが、落石が起こりました」

「石が落ちてきたんですか？」

「二人のうちどちらかが、過って石を落としてしまったんです」

紫門はテーブルの上に出した手を、稜線に見立てて説明した。石は急斜面を勢いよく落下した。ときには岩角にぶつかり、思いがけない方向へ飛ぶ場合もあると話した。

「落とした石は、誰かに当たったんですか？」

「稜線へ登ろうとしていた人を直撃したんです」

キヨ子は、自分が落石を受けたような顔をして目を瞑った。

落石のことを美容院の誰かに話していないだろうかと、彼はキヨ子にきいた。

彼女は首を横に振った。きいたことがないというのだ。目撃者の河野に、二人の女性は怪我人を救助しようともせずに立ち去ったといわれたくらいだから、和歌子は従業員には話していないだろう。

だが新聞は、河野の目撃談を載せ、識者に登山者のモラルの低下を語らせた。のちに、河野の目撃談には誤りがあるという久住の話と、彼が現場を撮った写真を掲載した。小さな一つの石が登山者の生命を奪ったのだ。問題は拡大していく様相をみせていた。

和歌子と佐織は気が気でなかったろう。

和歌子に夫がいれば善後策を話し合っただろうが、夫を失ったあとだった。彼女は信頼できる人物に相談したような気がする。

和歌子を精神的に支えているか、親友がいるはずだがと、紫門はキヨ子にきいた。

「わたしは知りません」

彼女はフォークを置いた。食欲を失くしたようである。

「去年の十月十四日の夕方か、あるいは夜、島崎さんがお店にこられたかどうかということが、分からないでしょうか？」

水を飲み、ピンク色のナプキンで唇を軽く押えたキヨ子に、紫門はきいた。そんなに前のことは覚えていないといわれそうな気がしたのだが、

「日誌を見れば分かると思います」

と、ナプキンをたたみながら答えた。

店長が、毎日の天候や、出来事や、気づいたことなどを、かなり細かくつけているノートがあり、店長以外の従業員が、意見など記入することもあるという。

「島崎さんがこられたことも書いてありますか？」

「お客さんの数やお名前は、べつのノートに記入していますが、日誌にはお客さん以外の人がきたことは書くことにしています。店長も忘れることがあるものですから、お店が終わると、みんなになにがあったかをきいて、書いていますから」

それをぜひ見せてもらえないかと、紫門は頼んだ。

「その日に、島崎さんがきたかどうかは重要なんですか？」

彼女は、わずかに首を曲げた。

「とても大事なことなんです」

紫門がいうと、彼女はあした、去年の日誌を見ておくといったが、他の従業員の日があることに気づいてか、これから店へ行って、日誌を持ってくるといった。

彼女は、出入り口のドアの鍵を持っている。毎日、いちばん早く出勤し、最後に帰ることになっているという。六本木の店では勤務期間がいちばん浅いからだといって、椅子を立った。

キヨ子は、息を切らしてレストランへ戻ってくると、黒いバッグから大学ノートを出した。表紙には太い字で「'96・№４」と書いてあった。この年の四冊目ということらしい。

十月十四日のページを彼女が開いた。ボールペンの字が横書きしてあった。

〔曇りのち晴
中田《なかだ》欠勤。

AM11、S商会が××剤と××液を届けにくる。

PM１・30、テレビAのワゴン車と乗用車が店の前で接触、三十分ぐらいモメていたが、お巡りさんがきて、しばらく双方の運転手と話していた。

ビルの管理室から連絡があり、４Fと５Fのベランダを修理するため、足場材を組むが承知してもらいたいといわれる。夕方、トラックがきて、店の外に足場材を置いていく。

PM５・20、島崎さん来訪。鉢植えの花を交換するように指示される。

安本《やすもと》先生の紹介で、歌手の真木《まき》さんが金曜のヒル、来店なさることになった。真木さんは今年のNHK紅白歌合戦に出場されることになっている。

春日井がハサミで怪我をした。たしかこれで三回目。

消毒薬をK商事に注文〕

紫門はこれを読んで、しめた、と肚《はら》の中で手を打った。

3

「この日、あなたが怪我をしたと書いてありますが、覚えていますか？」

紫門は、キヨ子のためにコーヒーを頼んでからきいた。

「覚えています。店長に、そそっかしいって、叱られました。家に帰ってから傷が痛んだものですから、次の日、お店の近くの医院へ行きました」

「美容院は、刃物を使うから、たまには怪我もするでしょうね？」

「手も荒れます」

彼女は、テーブルの上に出していた両手を引っ込めた。

「怪我をしたのは、何時ごろでしたか？」

「夕方の六時ごろだったと思います」

「そのとき、島崎さんは店にいましたか？」

「はい。島崎さんが消毒して、包帯を巻いてくれました」

「島崎さんが店を出て行ったのは、何時ごろでしたか？」

「わたしの傷の手当てをしてくれたあと、しばらくいたような気がします」

「閉店まで？」

「いいえ。閉店よりずっと前に帰ったと思います」

「七時ごろ？」

「そのころだと思います」

伏見刑事の話だと、写真機材会社の社員が道端に立っている久住を見たのは、夕方の六時か六時半ごろだったという。久住は、和歌子が美容院から出てくるのを、近くで待っていたのではなかろうか。

「島崎さんがお店にいる間に、彼女に電話がなかったですか？」

「覚えていません。……島崎さんが、この日、お店にきたことと、お店を出て行った時間が、問題なんですか？」

「島崎さんは誰かとこの近くで会っていたような気がします」

気づかなかったときいたが、キヨ子は首を横に振った。

「歌手の真木さんとは、あの真木夏美《なつみ》さんのことですね？」

「はい。テレビで観るより痩せていて、可愛い顔でした。お肌は少し荒れていましたけど」

「真木さんを紹介なさったという安本先生という方は、お店のお客さんですか？」

「お客さんですが、島崎さんのお友だちです」

「お医者さんですか？」

「安本花恵《はなえ》さんといって、デザイナーです。六本木のRビルに事務所があって、そのビルの二階にブティックを出しています。真木さんのステージ衣裳のデザイナーもしています」

「島崎さんとは親しそうですか？」

「ずっと前からのお友だちということです」

いいことをきいた。今夜、キヨ子に会えたのは幸運だった。

コーヒーを飲み終えた彼女に、引き止めたことを詫び、質問されたことを絶対に口外しないでもらいたいといった。

「わたしが、話したことや、お店の日誌を見せたことも黙っていてください」

彼女は、キラキラと光った瞳を紫門に向けた。


三也子に会う時間がなくなった。電話できょうの調査結果を話した。

「去年の十月十四日、久住さんは、島崎和歌子さんが美容院から出てくるのを待っていたみたいね」

三也子はいった。

「彼女と連絡が取れていて、それで店の近くの路上で待っていたのかな？」

「連絡が取れていなかったら？」

「待ち伏せしていたんじゃないかな？」

「なんのためかしら？」

「それをこれから考えてみるよ」

「久住さんは島崎さんとその夜、会ったのだったら、彼のアリバイを証明してくれる人がいたわけだから、警察にきかれて、そう答えればよかったのに。……久住さんは、殺人事件で疑われても、島崎さんと会ったことを隠さなくてはならなかったのかしら？」

「彼女から、会ったことを絶対に口外しないでもらいたいと、いわれたのだろうか？」

「彼女には、落石の件だけでなくて、なにか後ろ暗いことでもあるのかしらね？」

「そんなふうにも思えるが。……あした、彼女の友だちだという、安本というデザイナーに会ってみるよ。こっちのききたいことに答えてくれるかどうか分からないけど」

「安本という人が話してくれなかったら、あなたが調べていること、島崎さんに筒抜けになる可能性があるわよ」

「たしかにその危険性はある」

　彼はそういった瞬間、あることが頭にひらめいた。が、三也子にどう話してよいか、まとまりがつかなかった。じっくり考え、整理したうえで話すことにした。

彼は、民宿と呼んでいる石津家へ向かうために、地下鉄の階段をゆっくり下りた。

車内はすいていたが、彼はドアの近くに立っていた。ものを考えるにはこのほうがよい。

さっき、三也子と話していてひらめいたのは、久住が例の落石の件で、和歌子を脅していたとしたらどうかということだった。

久住が善良な人間だったら、紫門はこのようなことは考えなかった。久住の過去には灰色の部分がある。特に女性に対しては、偏《かたよ》った執着があったようだ。したがって警察は彼をマークした。淑子を被写体にしたのも、いい絵になるというだけでなくて、よこしまな感情がはしったのではないか。警察はそこをにらみ、久住は物陰から淑子を撮っていたのでなく、接触していたのではないかという疑いを抱いたのだ。

久住が和歌子を脅していたとしたら、脅すことのできる材料が必要だ。彼は、例の落石事故のさい、島崎母娘が落石を受けた怪我人のいるところへ、急斜面を下りて近づこうとしている場面、それから怪我人に近づいて、手を差し延べている場面を撮っていた。その写真を呈示して、前に目撃者の河野が語ったことには、誤りがあると反論している。河野に母娘が、クソミソにけなされているのは気の毒だ、と彼は新聞社を訪ねて語ったようだ。

新聞社は、証拠写真があるからには、久住のいうことのほうが真実に近いと判断して、河野の目撃談を覆す記事を掲載した。

これだけのことなら、久住は和歌子を脅せないのではないか。和歌子から、河野の談話に反論してくれと頼まれたのならべつだが。

そうか。久住は、新聞社に持ち込んだ写真以外の場面を撮っていたのではないのか。たとえば、和歌子と佐織が稜線にいて、落石を発生させた瞬間から、いったんは怪我人のいるところに近づきながら、瀕死《ひんし》状態の男を目の当たりにして恐くなり、手当てをするどころか、落石を起こしたのにも気づかなかったし、怪我人が出たことなどまったく知らなかったことにしたほうが賢明と判断し、娘を促して立ち去った。その一部始終を彼のレンズは鮮明にとらえていたのではないか。彼は、それが手に取るように見える角度の地点にいたのだ。河野のほうは、稜線にいた。怪我人の真上に近い角度だ。急斜面といっても、鏡の面のようにさえぎるものがないわけではない。岩がゴロゴロしているのだ。怪我人は見えたろうが、母娘の行動までは視野に入らなかったはずだ。

下山してフィルムを現像した久住は、邪気がむらむらと盛り上がった。「これはイケる」と、つぶやいたかもしれない。

天の配剤というか、和歌子らは不運にも、陋劣《ろうれつ》な男のレンズにそのときの心境までもえぐり取られてしまった。

こう考えていくと、久住がなぜ和歌子と佐織を撮ったのかの想像がついた。至近距離にいないかぎり、落石が発生する瞬間など目撃できるものではないし、まして遠方からレンズでとらえるのは不可能だろう。二人の女性を撮ったのは、偶然ではなかったのだ。

久住は、事故発生現場よりも北側にいた。そこはたぶん登山コースだったろう。彼が被写体を渉猟《しょうりょう》していると、北側から女性の二人連れがやってきた。二人の年齢にはかなりの差があるようだったが、美しかった。彼の目には不毛の岩稜には不相応に映ったのではないか。彼にとっては、魅力のある被写体だった。

それで彼は二人をレンズで追跡する気になった。勿論、名前も、住所も、生活ぶりも、間柄も知らない。稜線上にいては、彼女らの後ろ姿を追いかけるだけだし、稜線の起伏に見え隠れする。

彼は登山コースをはずれて東側に寄った。斜め後方から二人をとらえることができた。レンズを交換し、二人を手に触れられる近さまで引き寄せた。

二人のうちどちらかが、浮いた岩片を踏み落としたか蹴ったかした。これが落石だ。折りから男の登山者が一人、彼女らの真下の急斜面をよじ登っていた。久住は、彼女らの表情の急変に気づいて、レンズを下に向けたのかもしれない。それで登っている男がいたことを知ったのではないか。

男は不運だった。美しい女性の不注意が招いた一個の岩片の直撃を受けてしまった。ファインダーをのぞいていた久住は、「あっ」と叫んだことだろう。

彼のレンズは、なおも二人の女性を追いつづけた。だから、彼の目、いやレンズのほうが、河野の目よりも、落石事故の経緯を正確にとらえているのだ。

しかし、その後が事故の真実を歪《ゆが》めることになった。事実を正確に映した目でなく、邪悪な心によってフィルムが反転することになった。

久住は、撮った写真の一部だけを新聞社に持ち込み、これが真実だと話し、一方では和歌子に、彼女が震え上がる部分を見せて、脅した。写真は、両方とも真実をとらえているが、彼の心は卑劣な方向を向いていた。河野が久住と会って、加害者をかばっているようだったといったのは、そのせいではないか。

このように考えると、久住が去年の十月十四日の夜——それは淑子が殺された日である——自宅にいたといい張っていた理由がうなずけるのだ。じつは彼は、六本木の路上で和歌子を待っていた。その前から和歌子を脅していて、その夜も彼女と会うことになっていたか、美容院から出てくる彼女を待ち伏せしていたように思われる。刑事にアリバイをきかれ、六本木にいたといえない理由がそれだったにちがいない。

六本木の路上に立っていたというだけでは、アリバイ証明にはならない。彼がそこにいたのを証明してくれる他人の証言が必要だ。だが彼は、和歌子の名を絶対に口にすることはできなかったということだろう。

4

紫門は朝の食卓で、石津の母親彰子に、安本花恵というデザイナーを知っているかときいた。

「知ってますよ」

「有名なんですね」

「帷子《かたびら》みたいな、ヒラヒラした薄布を、袖や胸につけたドレスのファッションショーを、テレビで観たことがありますよ」

「そのデザイナーが、お前の調べている事件に関係があるのか？」

石津がきいた。

「会いたいと思っている人なんだ」

「安本花恵の名が知られるようになったのは、ここ五、六年じゃないかしらね」

彰子は、紫門に二杯目のご飯をよそった。

会う相手が有名な人だときくと、多少気後れを感じる。

彼は、電話帳で調べた安本花恵のデザイン事務所に電話を入れた。

若い女性が、午後一時ごろに事務所にくることになっているが「どちらさまでしょうか？」ときいた。紫門は名だけ告げ、また掛けるといった。

彼は、和歌子を直《じか》に見たくなった。佐織の姿も見たかった。人がきれいだというだけでは、実感がない。

彼は、きのう行った島崎家への緩い坂を登った。この道はめったに人が通らない。島崎家の門を離れたところから見ていることのできる場所をさがした。同じところにいつまでも立っていると、近所の人が目にして警戒するだろう。

彼は、坂道をゆっくり歩くことにした。一〇メートルほど歩いては、島崎家の門を振り返った。道が右に曲がっている地点に着くと、またゆっくりと坂を下った。

二度目に下りかけたとき、竹垣の端の小さな木戸が開いた。そこは島崎家の勝手口のようだ。

小柄な女性が布袋を提げて出てきた。五十代だろう。どうやらお手伝いのようだ。きのうは気がつかなかったが、小さな木戸の横にガレージがあった。細い板を何枚もはぎ合わせたシャッターが下りている。

彼は、お手伝いの女性に和歌子の身辺をきいてみようかと思ったが、彼の質問に応じないか、きいたことがすべて主人の和歌子に筒抜けになりそうな気がしてやめることにした。

歩いていると、後ろで音がした。振り返った。木製のガレージが開いたのだった。彼は道の端に寄った。シャッターは内部からの操作で開閉できるようになっているらしい。

車のフロントが見えた。外国製の黒い小型車だ。運転席の女性が左右を確かめ、車首を右に振った。髪の長い若い女性が運転して、紫門の前を通りすぎた。佐織ではなかったか。彼女の顔立ちまでは分からなかった。だが、いかにも裕福な暮らしをしているらしい雰囲気が見えた。

ゆうべ会った春日井キヨ子は、佐織は大学を中退したようだといっていた。その後はなにをしているのか知らないという。

シャッターが下りた。屋内で誰かが操作したようだ。

五十代の小柄な女性が、布袋をふくらませて、陽の当たる坂道をだるそうにやってきた。間違いなくお手伝いだろう。

それから二十分ほどたった。今度は門の横のくぐり戸が開いて、クリーム色のコートを着た女性が出てきた。紺色のスカーフで襟元を飾り、踵《かかと》の高い黒い靴を履いていた。左腕に掛けたバッグも黒だった。四十歳見当だ。背が高い。和歌子にちがいない。彼は知らぬふりをして、すれ違った。面長のととのった器量である。肌にも艶《つや》があった。この人ならどこでも目立つだろうと思われた。

彼は電柱に身を寄せて坂を下って行く彼女を見送った。一〇〇メートルほどのところが広い道路との交差点だ。彼女は手を挙げた。タクシーをつかまえ、新宿方面に消えた。

昼食をすませると、デザイナーの安本花恵の事務所に電話した。彼女がもし、和歌子の訪問を受けていたら、なんというだろうか。

二、三分待たされて、女性にしては低い声が、「安本です」といった。

紫門は、島崎和歌子のことを伺いたいのだが、会ってもらえないかといった。

「いいですよ。事務所へきていただけますか？」

服飾デザイナーは、男のような話し方をした。

安本花恵の事務所は、ビルの八階にあった。従業員が何人もいるようだった。

通された応接室は簡素で、大きな花束を抱えた女性が、背の高い外国人と並んでいるモノクロの写真が壁に吊ってあった。冬に撮ったものらしく、二人は厚いコートを着ていた。

「お待たせして、ご免《めん》なさい」

といって入ってきたのが、写真の女性だった。安本花恵である。彼女は、黒い丸首セーターの袖をまくり上げていた。白っぽい綿パンツだった。丸顔でやや太っている。

「島崎さんのことって、どんなことですか？」

忙しいから手短に話してくれといわれたようだった。

去年六月の落石事故のことを知っているかと、紫門は彼女にきいた。

「山で、ちょっとしたトラブルがあったってききましたけど、そのときのことかしら？」

彼女は、テーブルの中央のガラスケースの蓋を取った。タバコを吸うのだった。

「佐織さんと二人で山行をなさったさい、過って落石を起こしたんです」

「怪我人でも出たんですか？」

「落石を受けた人は、死亡しました」

「亡くなった……。大変な事故ではないですか」

「はい」

「島崎さんが石を落としたのは間違いないんですか？」

「目撃者がいましたが、島崎さんは、何日か後に警察に事情をきかれて、自分たちが落とした覚えはないといわれたそうです」

「ほんとうに覚えがないんじゃないかしら」

「目撃者は二人いて、一人は写真に撮っていました」

「そんな話、きいていません」

「安本さんは、島崎さんとはお親しいということですが？」

「十年ぐらいのお付き合いです。わたしのこと、どこできいていらしたんですか？」

「島崎さんのことを少しばかり調べさせていただきました。その間に、安本さんのお名前が出たものですから」

「じゃ、彼女がなにをやっているのかは、ご存じね」

「美容院の経営者ということだけは」

「そのとおりですよ」

「お親しい安本さんに、落石事故のことを相談なさらなかったのなら、島崎さんには、大事なことを相談できる相手が、ほかにいらっしゃるんでしょうか？」

「それはいるでしょうね。彼女も事業をやっているんですから」

「ご主人を亡くされていますが」

「いまはすっかり立ち直っていますよ」

「最近の島崎さんには、なにか悩んでいるようなようすは見受けられませんか？」

「わたしは忙しいから、月に一度ぐらいしか会っていないけど……」

彼女は二本目のタバコに火をつけて、壁の上のほうに目をやった。

「去年の夏だったかしら、この近くのホテルから電話があって、急に会いたいっていったのは……」

「お会いになられましたか？」

「なんとなくようすがおかしかったので、ホテルへ行くと、二、三日前からここに泊まっているっていうんです。どうしたのかときくと、眠れないっていって、蒼い顔をしていました」

「安本さんに、なにか相談されましたか?」

「自分から会いたいっていったのに、なにも話しません。彼女はご主人を失って、寂しくなることがあるんだろうと思って、バーで一緒にお酒を飲んでやりました」

「それだけですか?」

「わたしと会ったら、気が晴れたといっていました」

次は去年の秋だった。和歌子と会って食事をすると、「なんだか、恐いことが起こりそうな気がして、しかたがないのっていっていました」

「原因はなんだったんでしょうか?」

「それはいわなかったわね。四十過ぎて、情緒が不安定になるときがあるんじゃないでしょうか。……わたしが、また佐織ちゃんと山へでも行ってきたらというと、もう山登りはしたくないっていっていました。なにがあったか知りませんが、一度あったトラブルがこたえているんだろうって思い、わたしは彼女に深くきかなかったんです」

「最近はお会いになっていらっしゃいますか?」

「十日ばかり前に、銀座《ぎんざ》で食事をしました。このごろ、彼女がわたしに会いたいときは、なにかあったあとだなって感じるようになりました」

「島崎さんのお顔の色が冴えなかったんですね？」

「ヘンな夢ばかり見るっていっていました。夢の内容をきいても答えないんです」

「以前より、島崎さんは変わられたんですね？」

「優雅で明るい人だったのにね」

「山には前から登っておられたんですか？」

「亡くなったご主人に、ヨーロッパの山へ連れて行ってもらってからだといっていました。佐織ちゃんを産む前のことですから、二十歳か二十一歳のころですね。それまでは上高地に行ったこともなかったようです」

佐織を産んで四、五年は山に登れなかったが、その後、子供を人に預けて、夫婦で山歩きをしていたと、和歌子からきいているという。

「彼女は、からだを動かすことが好きで、ゴルフもテニスも、それからスキーもやります。健康に自信のある人ですから」

紫門は、三十分間ぐらい安本花恵から話をきいたが、和歌子がなにが原因で悩んでいたのか、なぜ眠れない日があるのかについてはきけなかった。花恵の表情を観察していると、知っているのに隠しているようではなかった。

和歌子は、悩みの原因を花恵に話したかったのではなかろうか。そのつもりで会ってはみたが、事があまりに深刻なため、かえって口にできなかったのではないのか。

いずれにしろ、和歌子のようすが変化したのは、去年の夏ごろからだということが分かった。彼女の脳裡からは、落石で死亡した登山者のことがいつも消えなかったようである。

5

「久住さんの写真か、ネガを見せてもらえないかしら」

渋谷の小料理屋で三也子はいった。この店で二人はいつもカウンターにとまるのだった。

「奥さんはこの前、夫の撮ったものは財産だから、整理したいといっていた。去年の六月の落石事故の写真を見せてもらいたいといったが、断わられた。彼女は久住が、落石事故を撮った写真を、新聞社に持ち込んだことも知っているはずだ」

「だけど、撮ったうちの一部を持ち込んだことは知らないんじゃないかしら？」

「知っているかもしれないよ。だからぼくのいったことを断わったような気がする」

「警察でも、無理矢理見せてくれとはいえないわね」

「家宅捜索令状でも持たないとダメだね」

「それをするには、久住さんが島崎和歌子さんか佐織さんを、脅していたという証拠がないとやれないわね」

三也子は、紫門の盃に酒を注いだ。

紫門の耳朶《じだ》には、昼間会った安本花恵の言葉が残っている。彼が、和歌子には大事なことを相談できる相手がいるだろうかときいたところ、「それはいるでしょうね」と答えた。彼はそれがどういう人間か、いや、どこの誰かを正確に知りたかった。

夫がいるあいだ和歌子は、美容院経営についても夫に話していたことだろう。事業の相談相手でもあった夫を失った彼女は、誰かを心の支えにしているような気がする。彼女は自分の美貌を承知しているだろうから、危険を感じたこともあったにちがいない。そうした場合、女性は、同性よりも男性を頼りにするのではないだろうか。

「頼りになる男性がいたら、和歌子さんは安本さんに寂しそうなところを見せたり、恐い夢に怯えるような話をしないんじゃないかしら？」

「和歌子には恋人のような男性がいるが、事業のこととか、悩みごとの相談相手にはなってもらえないということかな？」

「わたしにはそんな感じがするの」

彼女は、盃を持ったままじっと前を見ていた。店の女将《おかみ》は、カウンターを出てテーブル席の客と話している。

「和歌子さんに直接会って、久住さんと会ったことがあるかをきいてみたら、どうかしら？」

「会ったことがあると答えても、脅されたかどうかは喋らないよ。親友の安本花恵にさえも話していないんだから」

「そうよね。いまの段階では、会っても無駄よね」

紫門は、もう一度、昨夜の春日井キヨ子に会ってみようと思った。

「彼女は、和歌子さんの身辺に通じていなかったんでしょ？」

「彼女にさぐらせたらどうだろう。たとえば美容院の店長とかが、和歌子と親しい人間を知っているということもあるよ」

「ゆうべの人、あなたに協力的だったみたいね」

「ああ。店に戻って日誌を持ってきてくれた」

「可愛い人なの？」

「まあ。普通だろうね」

気づくと三也子は、紫門の顔を横目で見ていた。

彼は気づかないふりをした。

「その人の自宅を教えてもらった？」

「そんなことまで、きかないよ。必要がないじゃないか」

「急に必要になったときのためっていえば、電話番号ぐらいは教えたんじゃない」

「今度会ったら、きいてみる」

彼がいうと三也子は、ふんというように、顎を突き出した。


翌朝、紫門は民宿から、六本木の美容院のキヨ子に電話した。彼女は出勤したばかりで、同僚はまだ出てきていないといった。

「島崎さんには、ごく親しいというか、頼りにしている方がいるはずです。その人をどうしても知りたいんですが、いい方法はないでしょうか？」

「安本先生にお会いになりましたか？」

「きのう事務所でお会いしましたが、彼女は知らないようでした」

「それなら、そういう人がいないいんじゃないでしょうか？」

「いるはずだと、安本さんはいっていました。ぼくも、事業のことなんかを相談できる方がいると思っています」

キヨ子は、考えているのか、数秒のあいだ黙っていたが、

「田園調布の店長は、ずっと前から勤めています。島崎さんのお宅へもときどき行くそうです。その人にきいてみましょうか？」

「あなたとは親しいんですか？」

「わたしは、その人の紹介で、ここへ勤めるようになったんです」

田園調布店の店長は四十歳ぐらいの女性だという。いつきいてくれるかときくと、昼休みに電話できいてみるから、一昨夜のように夜九時ごろ近くで待っていてもらいたいといった。

紫門は、この前のレストランにいるがよいかときいた。

「九時少し過ぎになると思いますが」

と、急に声を落とした。同僚が出勤してきたようだ。

紫門が和歌子に強い関心を持つ理由は、彼女と久住の関係がほぼ想像できたからだ。久住は、去年の六月の落石事故の写真を手にして、彼女に接近したにちがいない。そして、美しい彼女を脅していたように思われる。

その久住が真冬の餓鬼岳で変死した。死に方はありきたりの遭難ではない。山行を何者かに尾行されて殺されたのではないかと紫門はにらんでいる。久住は和歌子に接近したから、餓鬼岳で死ぬことになったのではないかと考えると、筋が通るのだ。だから彼女の身辺を徹底的に洗わないではいられない。

春日井キヨ子は、この前のレストランへ、午後九時きっかりにやってきた。今夜も彼女は、烏《からす》のような服装をしていた。

紫門の正面に腰掛けた彼女は、にこっと笑ってから目を伏せた。黒いバッグを抱えたままである。

ウエイターの差し出したメニューを見て、

「これ、頼んでいいんですか？」

と、紫門にきいた。

彼女の指先は、ピザとカルボナーラを指した。

「どうぞ。ぼくはワインを頼みます」

彼女は、バッグを横の椅子に置くと、冷えた手を温めるようにこすった。

「田園調布の店長にききました」

「ありがとうございました」

「店長は、自信がなさそうでしたが、五反田《ごたんだ》でジーンズ店をやっている男の人と、島崎さんはお付き合いしているらしいといっていました」

「なんという店かご存じでしたか？」

「『アンクル・サム』だそうです」

「典型的なアメリカ人」という意味か。

そのジーンズ店は、五反田駅に近いと、だいたいの地理を彼女は教えた。キヨ子は知らないが、店長は知っている店だといったという。

ピザが運ばれてきた。彼女は小皿を頼み、半分食べてくれといって紫門の分を皿に移した。

紫門は七時に食事を摂ったが、彼女はこれが夕食だった。

「あなたが島崎さんの親しい人のことをきいて、店長さんはなぜかと思ったでしょうね？」

「なぜなのって、きかれました」

「あなたは、なんて答えたんですか？」

「島崎さんに興味を持っていたので、いつかきいてみようと思っていたといいました」

そういうきき方なら、店長はキヨ子を疑ったりはしないだろう。

食べ終えると、彼女は頭を下げ、また両手をこすった。手の荒れが気になっているらしかった。

彼は今夜も、きかれたことを絶対に口にしないでくれと念を押した。そのときだけ彼女は、目を緊張させた。

彼女の住所は目黒《めぐろ》区で、六本木からは地下鉄で十五、六分だといった。姉と二人暮らしだともいった。言葉に地方訛《なま》りはなかったが、東京の生まれではなさそうだ。

彼女とは恵比寿《えびす》まで一緒に行って別れた。電車のドアが閉まると、彼女は少女のように手を振った。真っ黒い服を着た彼女の姿が、紫門の頭にいつまでも残った。

山手線に乗り換えて、五反田で降りた。

キヨ子から教えられたジーンズの店はすぐに分かった。小さなビルの一階だった。すでに閉まっていたが、ドアのガラスに「Uncle Sam」と、黄色の文字が浮いていた。

七章　冬の罠《わな》

1

五反田のジーンズ店の経営者は、浅利友成《ともなり》といって四十二歳ということが分かった。

この氏名をきいた瞬間、紫門は目を見張った。根岸正継が穂高の岩稜で足に怪我をして動けなくなった日の前日、北穂高小屋に宿泊し、翌日奥穂方面へ縦走したうちの一人が浅利友成という男だった。紫門は、根岸を見捨てた可能性のある登山者が十二人いるとみて、その全員の周辺を調べた。つまり、淑子が持っていた写真の男が十二人の中にいるものと思っていたのである。

浅利の住所は品川区中延《なかのぶ》だった。淑子が持っていた男の写真を近所で見せて、「この男ではありませんか」と尋ねた。彼に質問された人は、「まったく別人です」と答えたのだ。だから浅利を、他の十一人とともに調査対象から除外したのだった。その浅利が、島崎和歌子と親しくしている——。

「アンクル・サム」は、ただジーンズを売るだけでなく、若者に人気のある運動靴や、アメリカのプロバスケットボールの有名選手が着たランニングシャツやシューズなどのプレミアグッズも扱い、半年に一度ぐらいは、ブランド品を買う人が列をつくるという。従業員が三人いて、かなり繁昌しているようだと、隣りのカーアクセサリー店の主人はいった。

「浅利さんは、どんな方ですか？」

紫門は四十代の主人に勧められた椅子に腰掛けてきいた。

「なかなかカッコいい男ですよ」

「ハンサムなんですね？」

「それほどじゃないけど、あなたぐらい上背があって、髪を長めにしています。このごろは濃い髭を伸ばしています。革ジャンとジーパンの似合う男といったらいいでしょうね」

紫門は、主人のいまの言葉を反芻《はんすう》した。

「浅利さんは、たしか山登りをしますね？」

「あなたは山岳救助隊の方だから、それを知って見えたんじゃないんですか？」

「あるいはと思っていましたが、やっぱり山登りを……」

「たびたび山に行くらしく、真っ黒に陽焼けしています。それがまた似合うんですね。憎らしくなるくらいですよ」

「ご主人は、山登りの服装をした浅利さんをご覧になったことがありますか?」

「何回か見ました。大きなザックを背負って帰ってきたところにばったり会いました。一週間ぐらい山歩きすることもあるそうです」

「なにか変わった物を、ザックか腰につけていなかったでしょうか?」

「さあ。どんな物でしょうか?」

「たとえば鈴です」

「気がつきませんでした」

「浅利さんがたびたび山へ行けるということは、店を任せておける方がいるんですね?」

「開店当初からいる、和田《わだ》さんという人に任せているようですよ」

和田は三十七、八歳だという。

紫門は、四十代前半のスタイルのいい美人がくるのを知らないかときいた。

「見たことありませんね。外車に乗ってちょくちょくくる若い女の子はいますけどね。その子はうちへ小物を買いにきたことがあります」

「その外車の色は、黒では?」

「そうです。いい家の子なんでしょうね」

佐織ではないか。

佐織らしい女性は、車を店の前にとめて、ジーンズ店を手伝っているという。毎日やってくるわけではないから、従業員ではなさそうだと主人はいった。

紫門は興奮した。浅利は、淑子と白戸がさがし求めていた青い鈴の男ではないか。カーアクセサリー店の主人の話だと、白戸が語った男にそっくりなのだ。

浅利はもともと髭が濃いが、このごろはそれを剃らずに伸ばしているという。紫門は、大町のタクシー運転手の話を思い出した。久住が餓鬼岳へ登るため、信濃大町駅前から白沢登山口までタクシーを使った。運転手に彼の写真を見せて確認したから間違いない。久住よりも前に、やはり白沢登山口まで行った男の登山者がいた。その男は、長身で髭をたくわえていた。帽子を目深にかぶり、サングラスを掛けていたから、顔つきは分からなかったと運転手はいっていた。この話をきいたとき紫門は、もしや青い鈴の男ではないかと思ったものだ。

「アンクル・サム」は株式会社であることが分かった。

翌日、紫門は、登記所で「アンクル・サム」の登記簿謄本を取った。それには代表者である浅利の住所が記載されていた。やはり品川区中延だった。役員の一人に、島崎和歌子の名があった。これで和歌子と浅利が、少なくとも知り合いであることの証拠を摑んだ。

紫門は、小室主任に電話した。また単独で調査していることを忠告されるだろうと思ったが、どうしたわけかなにもいわなかった。

彼は、青い鈴の男と思われる山男にたどり着いたといった。

「その男がそうだと、確認できたのか？」

「根岸正継が死ぬ直前、白戸に話した男の人相にそっくりなんです」

「その男は、青い鈴を持っているか、前に持っていたことがあるのか？」

「いまのところそれも分かっていません。その男の山仲間でもきき出せれば、確かめられるでしょうが、店の従業員にそれをきいて分かるか、どうか」

「背恰好や、髭が濃い程度では、淑子と白戸がさがしていた男と決めるわけにはいかない。せめて青い鈴を持っていたかどうかだけでも確かめてくれ。せっかくそこまでやったんだ。もうひと頑張りするんだな」

きょうの小室は、紫門の尻を叩いた。

「主任。そちらで確認してもらいたいことがあります」

「なんでもやるよ」

「その男の名は、浅利友成といって四十二歳です。三年前の九月十六日、浅利は、北穂高小屋に泊まっています。その次の日、涸沢にある山小屋に泊まっているんじゃないでしょうか。なぜかというと、その日は雨だったからです」

「よし、調べる。泊まっていれば、九月十七日に、怪我をして動けないでいた根岸に、涸沢岳の南側で遭遇した可能性があるということだな」

紫門は、あらためて浅利の住所へ行った。今度は調査目的が異なっている。そこは古いマンションだ。浅利は七年居住していることが分かった。

彼は結婚していたが、五年ほど前に離婚していた。子供はなかった。

紫門は、再度マンションに入居している十数人に当たった。だが、青い鈴については、気づかなかったといわれた。

浅利がたとえ青い鈴を持っていたとしても、里ではつけて歩かなかったのではないか。

やはり彼の山友だちをさがし出すしかない。それには浅利か、店を任されている立場の和田という男に会うしかないだろう。


小室の調査結果は夕方判明した。紫門の想像どおり、一九九四年九月十七日、涸沢小屋の宿泊カードの中に、〔浅利友成　(三九)　東京都品川区中延　自営業〕というのがあった。

この日の宿泊者数は知れたものだった。小室と及川で宿泊者全員に電話を掛け、「浅利友成という男を覚えているか」と質問した。そのうちの一人、練馬《ねりま》区に住む水野《みずの》という男が、浅利のことを覚えていて、山登りで隣り合って寝たと答えた。水野は、登山を始めて二年目だったたから、浅利の山の詳しさには感心した。だから体格も顔立ちも記憶していると答えたという。

「よし」

紫門は膝を打った。

練馬区の水野の自宅を訪ねた。彼は三十半ばで、板橋《いたばし》区役所の職員だった。いまでも毎年二回は北アルプスへ登っているといった。

「浅利さんにお会いになったのは、三年前の九月の山行のときだけですか？」

紫門はきいた。

「それ以外には会っていません」

「あなたは、単独でしたか？」

「役所の同僚と一緒でした」

「浅利さんは、十八日の夜、下ったのでしょうが、出発するところをご覧になりましたか？」

「見ました。浅利さんと一緒に朝飯を食べましたし」

「そのときの浅利さんの服装を覚えていますか？」

「服装までは……」

「なにか変わった物を持っていなかったでしょうか？」

「鈴をザックにつけていました」

それをきいて紫門は、掌《てのひら》が熱くなるのを感じた。

「どんな鈴でしたか？」

「拳ぐらいの大きさで、ブルーに塗ってありました。ぼくらは前の晩、浅利さんのザックの鈴を見て、珍しい物だというと、フランスの山へ登ったとき、山麓の店で買ったといっていました」

浅利のつけていた鈴が間違いなくブルーだったかを、もう一人確かめたいと紫門がいうと、水野は山友だちに電話を掛けた。それは馬場《ばば》という男で、すぐに車でやってくるといった。

三十分ほどで現われた馬場も、水野と同じぐらいの年齢だった。

紫門は馬場にも、浅利がつけていた鈴のことを慎重にきいた。

馬場は、水野の書棚を見上げていたが、

「浅利さんがつけていた鈴は、こんな色でした」

といって、鮮やかなブルーの表紙の本を取り出して見せた。

2

石津のカメラと車を借りた。彼は、広角やズームなどの交換レンズをそろえている。

自分では趣味は旅行と写真といっているが、旅行にはめったに出掛けない。年に一回、家族と海外へ行く。このときフィルム五、六本を使うが、風景写真を撮るのが上手《うま》いほうではない。

三也子が休暇を取った。紫門と五反田駅前で待ち合わせをした。彼女は、セーターの上にベージュ色のジャケットを着て、ジーパンを穿いている。

助手席に乗った彼女にカメラを持たせた。

彼女は、涸沢に常駐していたころ、毎日のように、山と登山者を撮っていたものだ。その写真は、厚いアルバム五冊に収めてあるという。

彼女の撮ったもので紫門が気に入っているのは、春の涸沢の写真である。雪のザイテングラートを十数人が一列になって登って行くのを下から狙った。真っ白い雪面に各登山者の短い影が黒く映っていた。

遭難現場と救助隊の活動を撮ったのもあって、警察写真展が催されたときに、彼女はそれを出展した。小雪の中、遭難死した人を、スノーボートに乗せ、ロープを引いて下る救助隊員の頰に涙の粒が光っているのは、見る人の胸を熱くした。

ジーンズ店「アンクル・サム」を斜めに見る位置に車をとめた。店を出入りする浅利を盗み撮りするのである。

張り込んで一時間、白い乗用車でやってきた。店の前にとめた車から長身の男が降りるところを、三也子はシャッターを切った。浅利に違いなかった。彼はすぐに店から出てきた。真っ正面から撮ることができた。

「カッコいい男ね」

三也子はいった。

浅利は、黒いブルゾンの前を開け、やや裾の短いブルーのジーパンを穿いていた。ズボンの裾に茶色のブーツがのぞいていた。口の周りを髭が囲んでいる。

浅利は車に乗って出て行ったが、三、四分して歩いて戻ってきた。どうやら駐車場へ車を入れてきたようだ。

「顔をばっちり撮った？」

「大丈夫よ」

三也子は自信ありげにいった。

写真は夕方出来上がる。その間に紫門は、車とカメラを石津家に返した。

「紫門さん。またあなたのご実家からいただき物をしたわ」

石津の母親の彰子がいった。紫門の母が、タコとイカを送ってよこしたという。

渋谷で三也子に会った。彼女は写真を持っていた。

「うまく撮れている」

「これが、青い鈴の男よね」

浅利は、鋭い目をしている。その目は冷たい光を宿しているようだ。髭に囲まれた口がやや小さい。精悍《せいかん》な顔つきである。

紫門は、そのフィルムと写真を持って、豊科署へ帰ることにした。

九時すぎになったが、あらかじめ連絡しておいたので、小室も及川も待っていた。

「見たことのない男だ」

浅利の写真を手に取ると小室はいった。及川にも見覚えがないという。

小室とともに刑事課へ行った。道原と伏見と牛山がいた。

「よく撮れたねえ」

道原が写真を手にした。

豊科署の捜査本部は、紫門の調査で、昨夜、浅利友成が青い鈴の男らしいと分かったため、けさから穂高町の淑子が殺害された現場付近の家を聞き込みした。浅利友成という男を知らないかと、きいたのだ。きょうは成果がなかったが、あすも捜査をつづけるという。

紫門は、東京で調べた島崎和歌子の身辺と、浅利に関するデータを報告した。

昨年の十月十四日の夜、写真機材会社の社員が久住を六本木の路上で見かけた日、和歌子は自分が経営する美容院へ出てきて、夜までいたことも話した。

久住は和歌子を待っていたのではないか。彼女と会っただけなら、淑子の事件に関して当日のアリバイを刑事から質問されたさい、東京にいたと答えられたのだが、彼は自宅にいたといい張った。彼女と会っているとはいえない理由があったのだ。紫門の想像では、久住は落石を発生させた彼女を脅していた。これを警察に知られては困るのだった。

三月七日の昼前、浅利友成に関する捜査の成果が現われた。淑子が殺害された現場から約六〇〇メートル離れた井口《いぐち》という家へ、刑事が、「浅利友成という男に心当たりはありませんか」とききに行ったところ、そこの主婦が、「浅利さんは、うちの息子の友だちだが」と答えた。

刑事は、息子の勤務先へ飛んだ。井口に会って話をきくと、こういうことが分かった。

井口は、六年前まで東京で勤めていた。その間に浅利と知り合い、親しくなった。浅利は北アルプスに登ると、たまに穂高町の実家に帰った井口を訪ねていた。

一年ばかり会っていなかったが、去年の十月、「山から下ってきたが、寄っていいか」と浅利から電話があった。井口は自宅で酒の用意をして待っていたが、なかなか着かない。夜が更けてから浅利は電話をよこし、「東京へ帰らなくてはならない用事ができた」といった。浅利と会えるのを楽しみにしていた井口はがっかりした――。

「それは十月十四日のことではありませんか?」

と刑事はきいた。

「十月だったのは覚えていますが、何日だったかは忘れました」

井口は、怯えるような顔をした。

「その日の夜、なにか変わったことはなかったですか?」

「あ、思い出しました。夕飯がすんでしばらくしてから、犬が吠えだしました。あんまり激しく吠えるんで、外へ出てみると、他家《よそ》の犬もさかんに吠えていました。近所の人が寄ってきて、いったいなにがあったんだろうと、話し合いました」

「次の朝、穂高駅の近くの農道で、女性が殺されて発見されたでしょ?」

「そう、そうでした。あの事件の夜でした、犬が吠えたのは」

その後、井口は浅利に会っていないと答えた。


紫門は、浅利の写真を持って大町市へ行った。この前訪ねたタクシー会社で、運転手のEに会いたいといった。無線で呼び掛けてもらうと、二十分後に信濃大町駅に着くとEから応答があった。

駅前でEに、浅利の写真を見せた。

「あの朝のお客は、帽子を目深にかぶって、サングラスをしていましたからね」

といいながら、似ていると答えた。しかし、間違いなくこの男だという自信はないと答えた。

二月三日、浅利が白沢登山口で、久住がタクシーで着くのを待ち、餓鬼岳へ登るのを尾行し、山中で死なせたあと下山したとしたら、どこから列車に乗ったのか。

紫門は地図に目を当てた。白沢登山口に最も近い駅は信濃常盤《しなのときわ》だ。ほぼ四キロである。登山口でタクシーを呼びたくても電話がないから、浅利は信濃常盤まで歩いて行ったと考えられる。

信濃常盤は無人駅だった。駅のすぐ近くに食堂が一軒あった。紫門はその店へ入り、二月四日の夕方、この男を見た覚えはないかと、浅利の写真を見せた。

エプロンをした女性は写真を手に取ってしばらく見ていたが、

「ここで具合が悪くなった人じゃないかしら」

といって、店の奥へ声を掛けた。髪の薄い男が出てきた。主人だった。

「そうだ、この人だ。背の高い人だった」

主人はいって、紫門をストーブの前の椅子に招いた。

「具合が悪くなったといいますと？」

紫門はきいた。

「雪の降る日の夕方でした。ザックを背負った大きな男が入ってきて、丼物を注文しました。三分の一ほど食べたでしょうか、箸を置いて頭を抱えるような恰好をしているので、どうかしましたかときくと、気分が悪くなったといいました。顔色もよくありませんでした」

そこで主人は、コタツで横になったらどうかといった。そうさせてもらうと男はいって、山靴を脱いだ。何日も山を歩いていたのではないかときいたが、男はコタツに足を入れて横になり、なにも答えなかった。三十分ぐらいすると、松本行きの列車はあるかときいた。主人は発車時刻を教えた。男はそれまで休ませてくれといい、発車時刻が近くなると、料金を払って出て行った。

食堂の夫婦の記憶では、髭を生やした大柄な男が浅利だとはいいきれないが、紫門は浅利に間違いなかろうという手応えを感じ、豊科署の刑事課に報告した。

3

淑子殺しの捜査本部から、道原と伏見の両刑事が東京へ行き、浅利に会った。

刑事は、一九九四年九月十六日、北穂高小屋に泊まり、十七日は涸沢小屋に泊まっているが、十七日の登山コースは、北穂高岳から涸沢岳を越えて、ザイテングラートを下ったのかときいた。

浅利は、山にはしょっちゅう登っているので、山行の月日をいちいち覚えていないと答えた。

「九月十七日、あなたは涸沢岳を越えたあたりで、怪我をして動けない登山者に、安全なところまで肩を貸してくれないかと頼まれたことを覚えているでしょうね？」

道原がきいた。

「そんなことがあったかな」

浅利は髭を生やした顔を傾けた。

「登山中、怪我人に遭遇することはそうそうあるものではない。怪我人に会うことはあっても、手や肩を貸してくれないかといわれることは稀《まれ》です。覚えていないはずはないと思いますがね」

「怪我をした人に、そういうことを頼まれたことはありません」

浅利ははっきりと否定した。

「去年の十月十四日、あなたは山を下ってきたが、どこに登りましたか？」

「去年の十月……。どこへも登っていないような気がしますが」

「そんなはずはないでしょ。日記かなにかを見てくれませんか？」

「そういうものはつけていません」

「その日の午後、あなたは穂高町に住む友だちに、寄っていいかと電話をしているじやないですか」

「思い出しました。蝶《ちょう》へ登ったときでした」

浅利の答えがぐらついたのを、刑事は見て取った。

「穂高町の友だちにはどこで電話したんですか?」

「上高地だったと思います」

「友だちに、寄っていいかと電話しておきながら、寄らなかったのは、どうしてですか?」

「その日のうちに、東京へ帰らなくてはならない用事を思いついたからです」

「用事を思いつくにしては、その時間がずいぶん遅い。なぜですか?」

「上高地で食事をして、休んでいたものですから」

「食事をしていたのでなくて、誰かに会っていたんじゃないですか?」

「誰にも会っていません」

浅利は、目を逸《そ》らして答えた。

根岸正継を覚えているかと、刑事はきいた。浅利は、知らないといった。それでは、根岸の妻は知っているだろうときくと、これにも浅利は知らないと首を横に振った。

「あなたは前に、青い鈴を持っていた。それを見せてくれませんか?」

「あの鈴は、失くしてしまいました」

「どこで？」

「山を歩いているうちに落としたのだと思います。どこだか覚えていません」

「それはいつの山行でですか？」

浅利は、瞳を動かしていたが、去年の八月か九月だったと思うといった。

「去年の十月以降ではありませんか？」

「いいえ。もっと前だったと思います。夏の山行のときだったと覚えています」

二人の刑事は、四、五分、浅利を観察するように見ていたが、

「三年前の九月十七日の山行を、なぜ隠すんですか？」

ときいた。

「隠す……。記憶がないだけです」

「さっきもいったように、九月十六日は北穂高小屋に泊まり、十七日は涸沢小屋に宿泊しているんですよ」

「あの山小屋には何度も泊まっているので、刑事さんがおっしゃる日に泊まったのかどうか思い出せないだけです」

「涸沢小屋では、東京に住む二人の登山者と話している。二人に青い鈴のことをきかれ、フランスの山に登ったさい、山麓で買った物だと話しているじゃないですか？」

「そうでしたか。忘れてしまいました」

二人の刑事は、ここで質問をいったん切り上げ、島崎和歌子を世田谷区の自宅に訪ねた。

紫門一鬼から彼女のことはきいていたが、想像以上に美しかった。四十三歳というが、目の周りの皺は浅く、いくつも若く見えた。

刑事はいきなり、久住保生を知っているはずだがときいた。彼女は、はっとなったように手を胸に当ててうなずいた。

「久住さんとはどういう知り合いでしたか?」

「わたしを写真に撮ったといってお見えになりました」

「どんな写真ですか?」

「山に登ったときのものでした」

「どこを登ったときのものでしたか?」

「穂高です」

「あなただけを撮ったもの?」

「娘と一緒に登ったときです」

「いつですか?」

「去年の六月です」

「久住さんとは、前からの知り合いでしたか？」

「いいえ」

「山であなたと娘さんを撮ったのを、わざわざ東京まで見せにきたんですね？」

「はい」

「なぜ見せにきたのかを答えてくれませんか？」

「わたしたちがいた近くで落石がありました。登ってきた人が怪我をしました」

「落石を起こしたのは、あなたか娘さんですか？」

「誰だか分かりません。久住さんは、落石を発生させたのは、わたしたちだといって、新聞記事と、ご自分の撮ったわたしたちの写真を見せました」

「なんの目的で？」

「この写真が公表されたら困るだろうといわれました」

「脅されたんですね？」

「はい」

「あなたたちが落石を発生させたのでなければ、久住さんのいうことを否定されたでしょうね？」

「否定しましたが、この写真がなによりの証拠だといって……」

「久住さんは、なにかを要求したんですね？」

和歌子は顔を伏せた。

なにを要求されたのかを追及すると、最初は、新聞社に写真の一部を持ち込んで、落石を発生させたのが和歌子ではないことと、怪我をした登山者を救助しようとしたことにしてあげるといった。彼女は久住を気味の悪い男だと思ったが、新聞に自分の名が出るのを恐れ、「よろしくお願いします」といって、五十万円を包んで渡した。

数日後、久住の談話と写真が二枚載った地方新聞が送られてきた。落石の問題はそれで解決したものと思っていたら、久住はまたやってきた。今度は一緒に夕食を摂った。そのあと、「交際してくれないか」と彼はいった。彼が接近してきた目的は自分のからだだったのかと、彼女は知った。

彼女は彼の要求を拒否した。もう百万円ぐらいなら出してもよいというと、久住は、金は要らないといった。

その日は、気まずい思いで別れたが、久住はまた訪れた。食事に誘われた。彼女は断われず、応じた。彼は、彼女が好きになったといった。「困ります」彼女はいった。

「あなたは、彼のいうことをなぜ、ぴしゃりと断わらなかったんですか?」

刑事はきいた。

「お断わりしました。でもあの方は、会いたいといってきたのです」

「なぜ警察に相談しなかったんです」

「トラブルが表ざたになるのが嫌だったものですから」

「あなたか娘さんが、落石を発生させたのが、事実だったからなんでしょ？」

和歌子は下を向いて、首を横に振った。

久住が真冬の餓鬼岳で変死したことを知っているかときくと、新聞で読んだと、小さな声で答えた。

道原と伏見の報告をきいた捜査本部は、久住の妻に会い、彼が遺したアルバムから去年六月の落石事故を撮ったネガを選び出して借り、それをプリントした。

なんと久住は、四十数齣で和歌子と佐織の行動を追跡していた。

最初の二齣は、母娘が岩に手をついて歩いているところだった。次は佐織がケルンを積んでいる場面だった。久住は佐織の表情を五齣撮っていた。五齣目の彼女は目を丸くして、口を開いていた。片手が宙にとまっていた。腰を下ろしていた和歌子が立ち上がろうとしているのが次に写っていた。二人が岩場に這って、下をのぞいているところもあった。

彼女らのいる下部に男の登山者が入っていた。そこへ、和歌子と佐織が下りて行くらしいところもあった。

捜査本部では信濃日日新聞の社会部員を呼んだ。久住が持ち込んだ写真は何枚だったかをきいた。それは六枚で、急斜面にいる男のところへ、二人の女性が岩を摑みながら下りて行く場面と、和歌子が男に手を差し延べようとしている場面だった。久住は新聞社に、撮影したのはその六枚だけだと説明していた。

東京にいる二刑事は、捜査本部からの連絡でそれを知り、今度は和歌子と佐織に会った。

佐織が、稜線でケルンを積んでいたが、それの頂点に積んだつもりの石が落ち、急斜面を落下したのだと認めた。

和歌子は、昨年の十月十四日、久住と会ったことを記憶していた。久住から六本木の美容院に電話がきて、近くで待っているといわれた。彼女が彼と会うのは四回目だった。夕食を二人で摂ったあと、外へ出ると、彼に手を握られたともいった。

「何度も会いに来る久住さんを、あなたはどうしようと思いましたか？」

刑事はきいた。

「何度こられても、久住さんのおっしゃることにお応えできないと、いいつづけるつもりでした」

「落石で亡くなった人の家族に、謝罪しようという気にはならなかったんですか？」

「その時機を逸しましたので、今さら謝りにも行けないと思い、悩んでいました」

「あなたがどう断わっても、久住さんが諦めなかったら、どうするつもりでしたか？」

「いずれ諦めてくださると思っていました」

「久住さんは写真のネガを持っていた。いつ落石の真相はこうだったと、あらためて新聞社に話すか、週刊誌に話を持ち込むかと、考えたことはないですか？」

「それを心配していました」

「心配していただけでなくて、どなたかに相談したでしょうね？」

和歌子は、曖昧な首の振り方をした。

「あなたと浅利友成さんとは親しいようですね。佐織さんも、浅利さんの店へ出入りしているようですし」

和歌子の顔色が変化した。手を握り合わせて震え始めた。

「久住さんに脅迫されていることを、浅利さんに話しましたね？」

刑事は、声を高くした。

和歌子は顎を引いた。佐織は顎の下で手を組み合わせ、上目遣いの顔を和歌子のほうに向けた。

刑事は、二月初旬、浅利が餓鬼岳へ行ったことを知っているかときいた。

「知りません」

「あなたは浅利さんと、しょっちゅう会っているのではないんですか？」

「週に二回ぐらいです」

「二月初旬に、浅利さんが山へ登ったことは知っているでしょうね？」

和歌子は、浅利が三、四日東京にいなかったことがあったと、細い声で答えた。

刑事は、久住が山で死亡したことをどう考えているか、ともう一度きいた。

彼女は、両手で顔をおおった。佐織は母親に寄り添った。美しい顔がひきつっていた。

4

浅利が経営している店「アンクル・サム」の店長である和田という男に刑事は会い、浅利が二月二日から四日間、店に出てこなかったことをきき出した。和田は、浅利が山へ行ったことは知らないといったが、休んだあと店に出てきたとき、ひどく疲れた顔をしていたといった。

浅利は、四日間店を休み、二月六日に顔を出したが、二月十日から二日間、また休んだことが判明した。二月十日は、白戸豪が北八ヶ岳で殺された日である。

「あなたは、二月三日の朝早く、信濃大町駅から白沢登山口までタクシーに乗った。四日の夕方、信濃常盤駅近くの食堂に入った。どこへ行っていたのか答えてもらいたい」

刑事は浅利にきいた。

浅利は、そんなところへは行っていない。その間、体調がすぐれず、自宅で寝《やす》んでいたと答えた。

それを証明する人がいるかときいたが、彼は独身だから、そんな人はいないといった。

「自宅で寝ていた人を、信濃常盤駅近くの食堂の人が、なぜ店にきたといっているんでしょうね。あなたは、丼物を注文して口をつけたが、気分が悪くなって、それを食べられなかった。食堂の人は、あなたを奥の部屋のコタツで寝ませた」

浅利は、人違いだといったが、その声は弱々しかった。

久住保生を知っているだろうときくと、そんな人は知らないと答えた。

白戸豪についても質問したが、やはり知らないと答えた。

「あなたは、『ガルソンヌ』というピッケルを持っていますか？」

「そんなピッケルは知りません。どこの物ですか？」

「フランス製の高級品です。最近国内では売ってないそうです」

刑事は、どんなピッケルを持っているか見せてもらいたいと浅利にいった。

浅利は、山具は自宅に置いてあるといった。それを見せてくれと、刑事はねばった。

浅利はしかたなさそうに、刑事を自宅に案内した。が、彼は部屋の中に刑事を入れなかった。

彼が持ってきて見せたピッケルは、比較的新しかった。黒いメタルシャフトの日本製だった。カシメ穴をふさいだビスの頭がシャフトの表面に出ていた。白戸の首に印像されたカシメ穴とは、そのかたちと間隔に違いがあった。

頻繁に山に登っている浅利のピッケルが新しいことに刑事は疑いを持ち、このピッケルはいつから使っているのかときいた。約一年前に買った物だと浅利は答えた。

「その前に使っていたピッケルはどうしたんですか？」

「去年の春、山に登った帰りに、列車の網棚にのせて、忘れてしまいました」

「駅に問い合わせしなかったんですか？」

「しましたが、見つからないといわれました」

刑事は彼の答えを信用しなかった。

「アンクル・サム」の店長・和田の話から浅利の山友だちが三人判明した。

刑事は三人に会った。三人は口をそろえて浅利が「ガルソンヌ」を知らないはずがないといった。

浅利は一時、古い山具集めに凝ったことがあった。それは二十代のころだった。「ガルソンヌ」をさかんに欲しがっていたが、そのころの彼には高くて手が出なかった。知人に「ガルソンヌ」を持っている人がいた。その人の自宅を訪ねて高価なピッケルを手に取ると、長いこと撫でまわしていたことが、山友だちに知られていた。

この話をきいた刑事は自信を持って、浅利を追及した。が、「そんなことがあったかもしれないが、忘れた」と、軽くかわされた。

刑事は浅利を豊科署へ連行することが出来なかった。

淑子殺しについても、久住殺しについても、白戸殺しについても、状況証拠はそろったが、彼の犯行を裏付ける物的証拠が欠けていた。たとえば、淑子や久住の着衣に、浅利の毛髪が付着していれば、二人を知らないといい通している嘘がバレるのだが、二人の遺体からは浅利の痕跡はなに一つ検出できなかった。

紫門はこれを知って歯ぎしりした。浅利を完全に追いつめたと思った観測は甘かった。

このことを小室主任に話すと、

「浅利は、白戸を叩き殺したピッケルを、どうしたのかな？」

といった。

浅利は、前に持っていたピッケルを、山行帰りに列車の網棚に置き忘れたと、刑事の質問に答えている。これも嘘だろう。彼は白戸殺しに使ったピッケルを、人目につかない場所に隠したに違いない。人を殺した凶器を身辺においていられるはずがない。

浅利は雪の日に、白戸を横岳ロープウェイの山頂駅近くで待ち伏せ、林の中に追い込んで叩き殺したのだろう。その帰りに凶器を持ったまま、ロープウェイやバスに乗ることはまずないのではないか。彼にとって凶器は忌《いま》わしい物である。だからできるだけ早く、手放したいという心理がはたらくのではないか。遺体と同じ場所へ置いては、後日、それを持っていた者が割り出されそうだと考えるだろう。

殺害現場とロープウェイ駅とでは、その距離が近すぎる。遺体からある程度離れていて、人目につかない場所に隠しておいたように思われる。

それだと、殺害現場とバスに乗るまでの間が有力だ。紫門は、四月になるのを待った。雪が解ければ、浅利が凶器のピッケルを埋めて隠した場所をさがすことができそうだったからだ。

四月初旬の晴れた日、紫門は横岳ロープウェイに乗って山頂駅で降り、白戸が遺体で発見された場所に立ったあと、ロープウェイに沿って林の中を下ることにした。だが、林の中にはまだ雪が残っていた。あと十日か二週間もたてば、地面が現われてきそうだった。

それを及川に話すと、二週間後に北八ヶ岳へ同行しようといった。一人よりも二人のほうがさがしやすい。紫門は、山岳遭難対策協会に所属する河西を思いついた。

二週間後、河西を誘うことにした。彼は喜んで参加すると答え、茅野駅前で落ち合った。

紫門、及川、河西の三人は、白戸が殺されていた場所へ菊の花を供《そな》えて合掌《がっしょう》した。

今度は黒い地面が現われ、ところどころに綿を置いたように残雪があるだけだった。地面に変化を見ると、スコップで土を掘ってみた。

午後になり、斜面の林から陽の光が消えたころ、河西が落ち葉のない部分を発見した。どこも落ち葉が堆積《たいせき》しているのに、そこだけ掃いたようになっていた。スコップを突き刺した。カチッという手応えがあり、スコップの先が地面に入らなかった。三人は慎重に土を掻いた。

はたして黒い鉄の棒が現われた。摑み出すとピッケルだった。

「これだ」

三人は思わず声を出した。

泥だらけのピッケルを拭《ぬぐ》った。ヘッドに近いシャフトの平たい部分に「garçonne」の緑色の文字が現われた。

「やった！」

及川がいった。彼の瞳はうるんだように光っていた。

三日後、豊科署の中庭に車で着いた浅利を、紫門は窓から見ていた。三也子と一緒に張り込んで、写真を撮ったときよりも、浅利の髭は伸びたようだった。彼は四十二歳だが、急に老け込んだようでもあった。提げたバッグと同じような色のジャケットにブルージーンズを穿いていた。それの裾にブーツがのぞいた。

「紫門君よりデカいな」

横で小室がいった。


取調室で、刑事は浅利に、なぜピッケルの「ガルソンヌ」を知らないといったのかと追及した。使い馴《な》れたピッケルを、列車の網棚に置き忘れたというのは嘘だろうともきいた。

東京では、刑事の質問に応じていた浅利だったが、取調室に入れられると一言も答えなかった。刑事の理詰めの質問に逃げ場を失ったようすだった。

二日目も刑事は、大事にしていた青い鈴を山で落としたといったこと、使い馴れたピッケルを置き忘れたといったことを、執拗にきいた。証拠になる物がないというのが、かえって不自然だったのだ。

「二十代のころ、あんたは山具収集に凝り、『ガルソンヌ』を欲しがっていた。それなのに、知らないといったのは、嘘だったね?」

刑事は、紫門と及川と河西が、北八ヶ岳の林の中から掘り出したピッケルを、静かにテーブルに置いた。それを目にした浅利は、一瞬退いてから、首を垂れた。観念したようだった。

——去年の十月十四日夕方近く、浅利は蝶ヶ岳から下ってきた。上高地で穂高町に住む友人の井口に電話し、自宅を訪ねてよいかといった。井口は喜んだ。久しぶりに一杯飲《や》ろう、泊まっていってくれといった。

浅利はバスで新島々へ下った。バスを降り、松本行きの電車がくるまでの間、ジュースを飲んでいると、背後から女性に声を掛けられた。

三十半ばの彼女は、根岸淑子だと名乗った。デイパックを背負い、ハイキングシューズを履いていた。憂いをふくんだ顔が美しかった。彼女は話をしたいといった。バスターミナルのベンチに腰掛けて、彼女の話をきくことにした。

「二年前の九月十七日、あなたは、涸沢岳を南に向かっていましたね。雨の降る日です」

淑子と名乗った女性はそうきいた。

浅利は、涸沢から北穂へ登り、涸沢岳を越え、奥穂高岳への鞍部から涸沢へ下ったことがあったが、それが彼女のいう九月十七日だったかもしれないと答えた。

涸沢岳を越えたところで、足をひねって歩けなくなった男の登山者に、雨を避けられる岩陰まで肩を貸してくれないかと頼まれたはずだが、と彼女はきいた。その目つきが変わってきた。敵意のこもった光り方をしていた。

浅利は、そんな登山者に会った覚えはないと否定した。

「怪我をした登山者はわたしの夫でした。夫は次の日、松本市内の病院へ収容されましたが、冷たい雨に濡れて、山で一夜を過ごした衰弱がもとで、死にました」

浅利には彼女がいいたいことが理解できた。彼は、雨の稜線で動けなくなっている男の登山者に遭遇したことを思い出した。たしかに岩陰まで連れて行ってくれないかと頼まれた。「おれも疲れているんだ」と怪我人にいって、その場を立ち去ったことも覚えていた。が、その男が病院で死んだのは知らなかった。自分がその男に手を貸さなくても、あとからべつの登山者がくるだろう。山登りしていて怪我をしたからといって、人を頼るのは甘えていると思ったし、そういう登山者を前から彼は軽蔑していた。

「あんたのご主人に会ったのが、なぜおれだというんですか?」

浅利は淑子にきいた。

「主人は、前にあなたに会ったことがありました。あなたがつけているその青い鈴のことも、あなたの体格や顔つきもよく覚えていました。死にぎわにそのことを話しました。主人はあなたに、山小屋まで背負って連れて行ってくださいといったのではありません。たった五〇メートルか六〇メートル先の岩陰まで、肩を貸してくださいといったのです。それをあなたは拒否して行ってしまった。置き去りにしたのと同じです。雨の降りしきる九月半ばの山に、置き去りにすれば、怪我人がどうなるか、あなたには分かっていたはずです。収容された病院の先生は、もっと早く救助されていれば、こんなに衰弱はしなかったといいました。あなたは疲れていたからではないでしょう。その日のうちに涸沢まで下ることができたのですから。……怪我人に肩を貸すことができなかったら、なぜ最寄りの山小屋へ、怪我人がいることを知らせてくれなかったのですか。あなたは主人のことを、山に登るくせに甘えているというでしょうが、あなたこそ、山に登る資格がないのです。もしもあなたが逆の立場になったら、置き去りにした人を恨むにちがいありません」

彼女は許せないといって、目尻を吊り上げた。

浅利は気味悪くなった。発車ベルの鳴り出した電車に飛び乗った。

松本市内で井口へのみやげ物を買った。軽く食事をし、電車で穂高へ着いた。

井口の自宅までは徒歩で約二十分を要する。

以前、井口に教えられた近道の農道を通ることにした。暗い農道に人の気配を感じて振り向くと、女性が近づいてきた。彼は足をとめた。近づいてきた女性は、新島々で彼を責めた淑子だと分かった。

追ってきたのか、ときくと、そうだ、と彼女はさっきとは人が違ったような声を出した。彼は身構えた。彼女の手に光る物が見えたからだ。なにをする気か、というと、

「わたしの話をきこうともしないあなたが、許せない。殺してやる」といって、胸の中に飛び込もうとした。彼は身をかわした。彼女が手にしているナイフが、夜目にもはっきり見えた。これほど彼が恨まれていたとは想像もしなかった。ここで逃げても、彼女はかならず追ってくるものと思った。

彼女は草に足をとられて膝を突いたが、起き上がると、またもナイフを両手で摑んで突進してきた。彼は彼女を蹴倒し、ナイフを叩き落とした。彼女の上に馬乗りになって、首を絞めた。彼女のからだからあっけなく力が抜けた。

犬がさかんに吠え始めた。犬が群れをなして襲ってきそうな恐怖感が過った。草の上で動かなくなっている女性を抱き上げると、田圃の中へ投げ込んだ。そこは溜池だったのか、水が勢いよくはねる音がした。

彼は犬の声に耳をふさいで、農道を走って逃げた。松本駅に戻ると、井口に、急いで東京へ帰らなくてはならなくなった、と電話を掛けた。

草の生い茂った農道から、真っ暗い田圃の中へ女性を放り込んだのだから、すぐには発見されないと思っていたが、翌朝、遺体が見つかったというニュースを、松本市内のホテルのテレビで観て、胸を押さえた——

5

——浅利は、恋人の島崎和歌子と何度も山へ登っていた。そのうち、和歌子の娘の佐織が、日帰りや一泊程度の山行に加わるようになった。

去年の六月、和歌子は佐織とともに穂高へ登った。佐織にとって三千メートル級の山は初めてだった。

山行から帰った二人に、浅利は思いがけないことを打ち明けられた。穂高の稜線で、ケルンを積んでいた佐織が、積み損ねた岩片を落としてしまった。その石は、急斜面を登っていた男の登山者を直撃してしまったといった。

落石を受けた登山者は、急斜面にしばらくとどまっていたが、転落したのが原因で死亡した。その事故は新聞に報道された。落石事故を目撃した登山者がいて、新聞紙上で、落石を起こした女性登山者の二人は、怪我人を助けようともせず、その場を立ち去ってしまったと語っていた。

浅利は和歌子と佐織に、落石を発生させた覚えはない、といい張れと示唆した。

その直後、二人が泊まった山小屋で身元を知ったといって、所轄署の刑事が和歌子を訪ね、事情をきいたが、和歌子は、浅利にいわれたことを守って、落石は自然に発生したものではないか、自分たちには発生させた覚えはないと話した。刑事は、目撃者の見誤りだろうか、といって帰った。

その次の日だった。和歌子を久住という写真家が訪ね、「あなたたちが落石を発生させた瞬間から、立ち去るまでの一部始終を見ていたし、写真に撮っていた」といった。そして、「事実が公になったらあなたたちは困るだろうから、私がうまく処理してあげよう」といい、写真をちらつかせた。

刑事が訪れたときよりも、和歌子は恐ろしくなった。

「久住保生なら、名前を知っている。山岳写真家だ」浅利は和歌子にいった。

「うまく処理してあげようって、いったいどういうことかしら？」和歌子は怯える目でいった。

「久住の出方次第では、おれが話をつける」と、浅利はいった。

和歌子は、久住に金を渡したことを浅利に話さなかった。浅利は、久住が何度も彼女に会いにきているのを知り、久住の狙いは和歌子のからだだと勘づいた。

今年になって、浅利は久住に接近した。久住の写真集を買い、以前からファンだった、写真集にサインをもらいたいと連絡すると、久住はいつでも自宅へきてくれといって喜んだ。

訪ねた浅利は、自分も少しばかり山をやると話すと、久住は得意になって、山岳写真を撮る苦心談を語った。

「今年は真冬の餓鬼岳を撮りに登るんです」

と、久住は話した。浅利が手みやげとして持って行った酒を、うまそうに飲んだ。餓鬼岳には登ったことがないが、どんな山かと浅利はきいた。久住の山行日程もきき出した。それが二月三日だと分かった。

浅利はその日のくるのを待った。何日も濃い髭を剃らなかった。あとで捜査されても、久住と見分けがつかなくするためだった。

二月三日、浅利は信濃大町駅前からタクシーで白沢登山口まで行って、木陰から久住の到着を待った。彼は前日、大町市内のホテルに泊まり、翌朝、駅で列車を降りてくる久住を見ていたのである。

登山口へ久住は、何分か遅れてタクシーで着いた。

思ったよりも積雪が浅いせいでもあったが、久住の足は速かった。浅利は二〇〇メートルぐらいあとを尾けた。できるだけ餓鬼岳に近いところで、久住を谷に突き落とす計画だった。

山中でテントを張って一泊した。浅利も露営の用意をしてきていた。次の日の朝早く、久住はテントをたたんで登りにかかった。きのうもそうだったが、雪が小やみになると久住は、山や林を撮影した。浅利は彼に撮られないために間隔をあけて登った。

餓鬼岳小屋に近づいた。久住は休んでいたのか、カメラをザックに入れたのか、ザックを背負い上げて歩きだした。そこへ浅利は接近した。久住はそれまで登山者はまったくいないと思っていたのか、びっくりしたような顔をしてたじろいだ。近づいた浅利が誰なのか思い出さないようだった。

浅利は、久住に体当たりを食わせた。重いザックの久住はよろけたが、浅利に向かってピッケルを振った。雪が激しくなった。逃げようとする久住を浅利は追い、断崖に追い込んで背中を蹴った。久住は大声を発して、吹雪の谷に消えた。絶対に這い登ってはこられないと思った。

浅利は、何度も転倒しながら下った。途中で登ってくる三人パーティーが小さく見えた。彼は右の樹林に身を隠して、三人パーティーをやりすごした。雪の上の足跡を見られたのを後悔した。

山を下りきり、信濃常盤駅に着いたときはふらふらになっていた。ろくな食事を摂っていなかったからだ。彼は食堂を見つけ、丼物を注文した。食べ始めると、吐き気をもよおした。椅子から転げ落ちそうなくらい気分が悪くなった。

そこを食堂の夫婦に見られた。コタツで寝めといわれた。

列車で松本まで行くと、駅前のホテルに入った。疲れきっているのに目が冴えて眠れなかった。朝方まで、山の吹雪の音が耳から離れなかった。

浅利にはもう一人始末しなくてはならない男がいた。それは白戸豪という、会ったことのない男だ。

白戸の名を知ったのは、去年の十二月だった。浅利は、雪山を歩くのが好きで、五、六年、冬になると八ヶ岳を歩いていた。こういう人がけっこういることを八ヶ岳を歩き始めて知った。

昨冬は北八ツにした。一度寄ったことのある縞枯山荘に入った。泊まるつもりで靴を脱ぎ、ストーブに当たったのだが、階段の下の貼り紙を目にして、胆を潰した。

〔青い色の鈴を持った四十歳ぐらいの長身の男性（髭が濃い）にお心当たりの方がいましたら、東京の白戸豪さん（電話〇三－三七三一－××××番）までご連絡くださ い〕

と書いてあった。浅利は、その電話番号を写し取ると、急に用事を思い出したといって、山小屋を飛び出した。貼り紙は自分を指しているにちがいなかった。

白戸という男は、どんな理由で自分をさがしているのかを考えた。そうか、根岸淑子の関係者にちがいない。彼女から、青い鈴を持った男をさがしているときいていたのだ。彼女は殺された。もしかしたら青い鈴の男にたどり着くか出会い、夫のことを追及されて、逆に殺されたのではないかと気づいたのではないか。浅利は、淑子に新島々で、「夫を助けなかった……」と追及された直後、青い鈴をはずした。青い鈴をつけていなかったら、淑子に見つけられることはなかったと思ったから、彼女を殺した次の日、松本市内の川に捨ててしまった。

白戸という男が何者かは分からないが、自分をさがし出そうとしていることは間違いない。早く始末してしまわないと、淑子殺しも露見しそうだ。

浅利は、白戸をどう始末しようかを考えているうちに、名案が浮かんだ。それは餓鬼岳で久住を殺した興奮がおさまらないうちに思いついた。

久住のことだが、浅利は吹雪の餓鬼岳の間近で谷に久住を突き落としたのに、二月五日の夕刊には、〔餓鬼岳小屋の三〇メートルほど手前で、三人パーティーが遭難者を発見した〕と出ていた。久住以外に単独の登山者がいたのかと思った。六日の夕刊には、去る四日に三人パーティーが発見した遺体の男は、久住保生だったと出ていて、浅利は膝が折れるほど驚いた。谷に転落した久住は、ザックを背負ったまま這い上がり、山小屋に遭難しようとしたが、そこで力尽きてしまったのではないか。彼の遺体は永久に発見されることはないと思い込んでいただけに、浅利は久住の死を見届けなかったのを悔やんだ。

二月九日夜、浅利は、縞枯山荘の貼り紙で知った電話番号を押した。男が応じた。

「白戸豪さんはいらっしゃいますか?」というと、「私です」と答えた。

浅利は、縞枯山荘の主人を装った。白戸は信用したようだった。「あなたがさがしている青い鈴の男について、有力な情報が入りました」というと、「どんな？」と白戸はきいた。

「白戸さんがうちの小屋へこられる日、青い鈴の男を知っている人を呼んでおきます。都合はどうですか？」というと、白戸は、あすの朝早く列車で東京を発つと即座に答えた。まるでその情報に飢えていたようだった。白戸の答えをきいて、これは間違いなく淑子の関係者だと思った。

浅利は、二月十日の朝、一番の特急で新宿を発ち、茅野駅前からタクシーを飛ばして横岳ロープウェイに着いた。スキーヤーの服装をして、頂上駅の近くで待ち伏せた。この時季、スキーヤー以外がやってくるのはごく少数だ。

雪が降っていた。ロープウェイを赤いザックの男が降り、ブルーのオーバーシューズを履いた。男は縞枯山荘のほうへ向かいかけた。浅利はその男に、「白戸さんですか？」と呼び掛けた。「白戸です」男は目を細めて答えた。

「右のほうへ歩け」浅利は、ピッケルのスピッツェを白戸の胸に突きつけた。当然だが白戸の顔から血の気が失せた。

白戸はいわれたとおり、スキー場とは反対の緩斜面を下り始めた。浅利は白戸の頭にピッケルを突きつけ、林の中へ追い込んだ。白戸もピッケルを持っている。いつ逆襲してくるか分からないから、頭を何度も軽く突いた。

林の中に入った。そこは雪が深かった。白戸は振り向くと、ピッケルで浅利のピッケルを払った。

「青い鈴の男だな」と、歯をむいた。

浅利はピッケルで、白戸の肩や胴を横から殴った。白戸は雪の中に倒れて苦しがった。ザックが腕からはずれた。腹這いになって逃げようとした。浅利は背中を叩いた。動かなくなった。ピッケルを構え直し、首筋をシャフトで力一杯叩いた。白戸の手足が伸びた。

浅利はピッケルのシャフトにグリーンのペンキで「garçonne」と丁寧に書いていた。十五、六年前、欲しくてたまらなかったピッケルの名称である。文字のある部分で素肌を打てば、それが皮膚に印像されることを、前に読んだ本で知っていた。白戸の遺体が腐ってしまわないうちに発見された場合、これを見た警察は、ガルソンヌを持っている人を疑うだろうと思った。彼が欲しい物を買えなかったころへの恨みでもあった。

凶行に用いたピッケルは、雪を掘り、土を掘って山の林の中に埋めた——

6

浅利友成が犯行を全面自供したことを、伏見からきいた紫門は、刑事課長の許可を得て、島崎和歌子を訪ねることにした。浅利の自供の裏付けを取るため、刑事は和歌子と佐織を署に呼ぶことになるが、その前に紫門は彼女に会いたかった。彼には及川が同行することになった。

新宿駅のホームには、三也子が立っていた。あらかじめ連絡しておいたのだった。及川と彼女が顔を合わせるのは久しぶりである。

三也子は珍しく濃紺のスーツを着ていた。

「婦警みたいだね」

及川がいった。

「浅利に殺《や》られた人たちを悼《いた》む気持ちからなのよ」

三人は、和歌子を世田谷区の自宅に訪ねた。

彼女は濃紺のワンピース姿で、三人を応接間に通した。豊科署に呼ばれることを、彼女は承知していた。

一足遅れて、佐織が応接間に現われた。彼女は灰色のワンピースを着ていた。長い髪を肩に広げていたが、耳にも首にも手にも、光った物を一つもつけていなかった。

「署から迎えがくる前に、落石で亡くなった方に謝罪されることを勧めにきました」

紫門がいった。

透きとおるように白い肌の母娘は、黙ってうなずいた。

落石で命を落とした青年の家は杉並《すぎなみ》区で、島崎家からそう遠くなかった。

その家には青年の母親だけがいた。突然、見知らぬ五人が訪れたので、彼女はうろたえるような表情をした。

紫門が訪問の理由を話した。

「警察からは、自然落石だといわれていました」

母親は半ば口を開け、頰に手を当てた。

小振りの仏壇には小菊が供えられていた。

「申し訳のないことをいたしました。こちらさまの、お気のすむようにさせていただく覚悟でまいりました。どうぞなんなりとおっしゃってください」

和歌子は仏前に焼香したあと、被害者の母親の前に両手を突いた。

母親は、会社員の夫に相談して返事をすると、やや冷たい声でいった。

紫門と三也子と及川は、金村待子を自宅に訪ねることにした。三也子が花を買った。

真新しい仏壇には、根岸正継と淑子の位牌が並んでいた。淑子の住まいは、待子の手で処分したという。

「あの、お写真は?」

三也子が、仏壇の小さな写真を指差した。

「兄と淑子さんが、丸太造りの家を建てて、将来住むはずだった北海道で撮ったものです」

写真で根岸と淑子は、白い煙を噴く山を背景にしていた。その山は硫黄山で、二人が立っているのは、夏になるとエゾイソツツジが一面に咲く平原だった。

紫門らは、次に白戸豪の家を訪ねて、彼の位牌と妻に、浅利の犯罪を報告した。


紫門と及川が豊科署に帰ると、紫門に来客だと受付に呼ばれた。出て行くと、丸い顔の男が頭を下げた。山岳遭難対策協会に所属する河西だった。彼はあした、北アルプス山岳救助隊のテストを受けるという。

紫門は河西を中庭に案内し、山腹に少しずつ雪形《ゆきがた》を貼りつけた山のほうを向いて、自分が応募したときのことを話した。

本書は二〇〇〇年七月に光文社より刊行された『殺人山行餓鬼岳』を改題し、大幅に加筆・修正した作品です。

なお本作品はフィクションであり、実在の個人・団体などとは一切関係がありません。

文芸社文庫

餓鬼岳 殺人山行

二〇一七年八月十五日　初版第一刷発行

著　者　梓林太郎
発行者　瓜谷綱延
発行所　株式会社　文芸社
〒一六〇-〇〇二二
東京都新宿区新宿一-一〇-一
電話　〇三-五三六九-三〇六〇（代表）
〇三-五三六九-二二九九（販売）
印刷所　図書印刷株式会社
装幀者　三村淳

ISBN978-4-286-18976-5

［文芸社文庫　既刊本］

火の姫　茶々と信長
秋山香乃

兄・織田信長の命をうけ、浅井長政に嫁いだ於市は於茶々、於初、於江をもうけるが、やがて信長に滅ぼされる。於茶々たち親娘の命運は――？

火の姫　茶々と秀吉
秋山香乃

本能寺の変後、信長の家臣の羽柴秀吉が後継者となり、天下人となった。於市の死後、ひとり残された於茶々は、秀吉の側室に。後の淀殿であった。

火の姫　茶々と家康
秋山香乃

太閤死して、ひとり巨魁・徳川家康と対決する於茶々。母として女として政治家として、豊臣家を守り、火焔の大坂城で奮迅の戦いをつらぬく！

それからの三国志　上　烈風の巻
内田重久

稀代の軍師・孔明が五丈原で没したあと、三国志は新たなステージへ突入する。三国統一までのその後のヒーローたちを描いた感動の歴史大河！

それからの三国志　下　陽炎の巻
内田重久

孔明の遺志を継ぐ蜀の姜維と、魏を掌握する司馬一族の死闘の結末は？　覇権を握り三国を統一するのは誰なのか⁉　ファン必読の三国志完結編！

［文芸社文庫　既刊本］

トンデモ日本史の真相　史跡お宝編
原田　実
日本史上の奇説・珍説・異端とされる説を徹底検証！　文庫化にあたり、お江をめぐる奇説を含む2項目を追加。墨俣一夜城／ペトログラフ、他

トンデモ日本史の真相　人物伝承編
原田　実
日本史上でまことしやかに語られてきた奇説・珍説・伝承等を徹底検証！　文庫化にあたり、「福澤諭吉は侵略主義者だった？」を追加（解説・芦辺拓）。

戦国の世を生きた七人の女
由良弥生
「お家」のために犠牲となり、人質や政治上の駆け引きの道具にされた乱世の妻妾。悲しみに耐え、懸命に生き抜いた「江姫」らの姿を描く。

江戸暗殺史
森川哲郎
徳川家康の毒殺多用説から、坂本竜馬暗殺事件の謎まで、権力争いによる謀略、暗殺事件の数々。闇へと葬り去られた歴史の真相に迫る。

幕府検死官　玄庵　血闘
加野厚志
慈姑頭に仕込杖、無外流抜刀術の遣い手は、人を救う蘭医にして人斬り。南町奉行所付の「検死官」が、連続女殺しの下手人を追い、お江戸を走る！

[文芸社文庫　既刊本]

蒼龍の星㊤　若き清盛

篠　綾子

三代と名づけられた平忠盛の子、後の清盛の出生の秘密と親子三代にわたる愛憎劇。やがて「北天の王」となる清盛の波瀾の十代を描く本格歴史浪漫。

蒼龍の星㊥　清盛の野望

篠　綾子

権謀術数渦巻く貴族社会で、平清盛は権力者への道を。鳥羽院をついで即位した後白河は崇徳上皇と対立。清盛は後白河側につき武士の第一人者に。

蒼龍の星㊦　覇王清盛

篠　綾子

平氏新王朝樹立を夢見た清盛だったが後白河との仲が決裂、東国では源頼朝が挙兵する。まったく新しい清盛像を描いた「蒼龍の星」三部作、完結。

全力で、1ミリ進もう。

中谷彰宏

「勇気がわいてくる70のコトバ」――過去から積み上げた「今」を生きるより、未来から逆算した「今」を生きよう。みるみる活力がでる中谷式発想術。

贅沢なキスをしよう。

中谷彰宏

「快感で生まれ変われる」具体例。節約型のエッチではなく、幸福な人と、エッチしよう。心を開くだけで、感じるような、ヒントが満載の必携書。